財神門徒

之12

志在必得

財神門徒

目錄

第一章

教父的舊日夥伴

林東這才發現自己高興過頭了，管蒼生說的這些話很有道理，這些人忽然到訪，多年未見，情意是否如初。這些都是未知數。

如果真是對手打入內部的棋子，這可真是麻煩。

當初倪俊才收買了周銘，就給他製造了不少麻煩，

而管蒼生的這些舊部，個個的本事都要比周銘強十倍不止，

如果他們中有內鬼，金鼎投資將遭遇不小的麻煩。

酒店餐廳的包廂內。管蒼生正在遊說眾人加入金鼎投資公司。

「眾位兄弟，時隔多年，我管蒼生已經沒有了爭雄之心，只想過一分安穩的日子。現在的這位老闆，雖然年輕，但是為人仁義，不僅治好了我老母親的腿病，還救過我。不瞞你們，昨天是成智永綁架了我！」

「什麼！成智永那個叛徒竟然敢那麼對你！」眾人義憤填膺，當年成智永出賣了他們，所有人都對他恨之入骨。

管蒼生繼續說道：「成智永已經得到了應有的懲罰，綁架不是小事，況且他還非法持有槍支。昨晚的情況非常兇險，成智永拿著槍，我老闆為了救我，不顧手上的傷口，把他按住了。如果不是他及時趕來，或許成智永已經把我幹掉了。」

「蒼哥，我知道你老闆對你有恩，不過你是人中龍鳳，真的願意在他手下賣命嗎？」

這些人對管蒼生的瞭解還停留在十幾年前。那時候的管蒼生目中無人不可一世，是絕對不會甘心屈居人下的。

管蒼生道：「十幾年前，我以為做人當如一杯酒一樣，要烈！而現在，我覺得做人應該像一杯水一樣，平平淡淡，無色無味。爭名奪利到頭來是為了什麼？你們也瞧見了，我坐了十三年的牢，失去了十三年的自由，人一生中最好的年華就這麼沒了。各位也是，當年受我的牽連，少則五年，多則九年，都知道坐牢的滋味。我在牢裏冥思苦想，發現我當初追求的東西太過虛無，那些都是障眼的迷幻色彩，不是人生的真諦，金錢、女人、名聲，我曾都有過，不過那些都是會失去的，只有親情、健康，今天我又發現了一樣，還有兄弟情，這些才是最重要的！成智永對我那樣，實在令我心寒，不過好在還有你們，著實溫暖了我的心房，讓我知道在這世上，我管蒼生還有兄弟！」

眾人倏然落淚，想到了曾經與管蒼生在一起的光輝歲月，也想到了在監獄裏所受的痛苦與內心的煎熬，一個個沉默不語。

「我慶幸我出來之後還可以侍奉老母，慶幸咱們兄弟還能再聚一堂，來，大家喝一杯。」管蒼生端起了酒杯，先乾了。眾人隨後也端起了酒杯，一個個都乾了一杯。

「林總說了，他很願意你們能到他的公司去工作，如果兄弟們願意去金鼎，還是跟著我幹，還有就是待遇方面不會差，絕對能讓你們過上不為錢發愁的日子。老婆孩子都可以帶過去，入學問題，我想他會想辦法解決的。」

眾人沉默了一會兒，今年剛過四十的李同問道：「蒼哥，你老闆當真那麼好？」

管蒼生道：「這個無需我自吹自擂，你們只要和他相處過就會瞭解，他絕對比我說的還好。看到大傢伙如今生活艱辛我真的很難受，大家讓我扯起虎皮重豎大旗，真的是為難我了，我已經沒有當年那份爭雄之心了。如果大傢伙願意，我可以把我老闆叫進來，有什麼要求，大家儘管跟他提，他就在外面等著。」

苗達道：「蒼哥，你老闆那麼年輕，是個富二代吧，咱們可都知道現在的富二代是什麼德行，就不怕表面和氣，暗地裏使陰招啊。」

管蒼生笑道：「達子，這你真的猜錯了。我老闆林東，山陰市懷城縣大廟子鎮人，父母都是土裏刨食的農民，絕不是你想的富二代，他是富一代！你們一定很奇怪這麼個窮孩子出身的年輕人怎麼會有這份家業？那全是他靠本事在股市裏賺來的。論起選股能力，他絕對不在我之下！」

苗達等人最佩服管蒼生的就是他的選股能力，聽了這話，對林東都多了些好感。

李同說道：「蒼哥，那就把他喊進來聊聊，大傢伙看看他到底是不是可靠。」

「諸位兄弟稍等，我這就出去叫他。」

管蒼生起身朝門外走去，到了餐廳的休息區，就看到了正在來回踱步的林東。

林東也瞧見了他，見管蒼生臉上帶著笑容，心知必然是有好消息帶給他，迎了過去。

「管先生，是不是有好消息？」林東急問道。

管蒼生笑道：「林總，弟兄們請你進去，想和你當面聊一聊。」

「行，咱們進去吧。」林東笑著朝包房走去。

進去之後，管蒼生介紹了一下：「諸位兄弟，這位就是林總。」轉而又對林東說道：「林總，這些都是昔日跟著我的兄弟。」

林東上前與眾人一一握手，完了之後說道：「諸位都是前輩，林東對管先生有多尊敬，對諸位就有多尊敬。我先表個態，金鼎公司會像歡迎管先生一樣歡迎諸位加盟！管先生已經跟我說了，諸位有什麼要求，儘管說出來，凡事都是可以商量的。」

林東的不卑不亢，且對他們表現出來的尊敬，已經博得了管蒼生這幫舊部的好感。

苗達首先問道：「林先生，既然蒼哥都跟了你，大傢伙也沒什麼好說的，只是大夥家裏實在是有些困難，蘇城對我們而言完全是個陌生的城市，在那裏人生地不熟，如果搬過去的話估計需要一筆錢，還有老婆的工作和孩子的上學問題，這些是我們最關心的，我代大家問問你。」

林東笑道：「有管先生在蘇城，我想也不能說是人生地不熟。至於孩子的上學問題，我與教育局的很多領導都有不錯的關係，到時候會就近安排好的學校。至於各位配偶的工作問題，我想告訴大家的是，她們完全可以不出去工作，我保證各位在金鼎的薪水可以養活一家老小還有剩餘。」

「我沒有問題了。」苗達的臉上已露出了笑意。

李同站了出來，問道：「林先生，聽說你公司的員工都很年輕，我們這些人最小的也有四十歲了，我想和他們在一起做事可能會有代溝，是不是給我們這些人單獨成立一個部門？」

林東笑道：「各位進了金鼎之後，還跟著管先生，單獨成立一支團隊，由管先生直接領導各位，就算是我，也不會過問你們。」

管蒼生咳了幾聲，說道：「諸位兄弟，林東給足了你們自由，不過有一點我要提前給你們打預防針，如果做不出來業績，我都不會有臉留在金鼎，諸位就看著辦吧。還有一點，上班是要有紀律的，必須遵守公司的章程，如有違反者，不會給你們任何人開後門，一切按規定來辦！」

「蒼哥放心，我們不會給你丟臉的，只要能跟著你，大傢伙都聽你的！」眾人齊聲道。

管蒼生笑著點了點頭，說道：「記住了各位，給你們發薪水的是林總，不是我，你們要對公司忠心，對林總忠誠！記住誰是你們的衣食父母，有敢不尊重林總者，直接捲舖蓋走人！」

林東連忙說道：「管先生，這個嚴重了吧，我林東如果有做的不對的地方，歡迎大家指正。只要是真心為我好的，罵我我都不會生氣的。」

管蒼生的舊部哄然大笑，忽然之間，都覺得與林東的距離拉近了許多。

林東笑道：「諸位都坐下吧，我加雙筷子，敬諸位幾杯。」

一旁站著的服務員立馬給林東加了一套餐具，林東又要來幾瓶好酒，加了一些菜，眾人邊吃邊聊，氣氛融融。林東這酒越喝越開心，這些曾經的前輩以後就是他的人馬了，由他們組成的團隊，絕對是一支令人聞風喪膽的虎狼之師！

眾人酒足飯飽，林東笑問道：「各位什麼時候能到金鼎上班？」

苗達說道：「把家裏的事情處理完就去。」

「好，那我在蘇城恭候各位，到時候等人到齊了，咱們再像今天這樣，痛痛快快喝一場酒，不醉不歸！」

「好，不醉不歸！」眾人齊聲應和。

「眾位記一下我的手機號碼，有什麼事情就打給我，能解決的我一定幫忙解決。」林東把手機號碼告訴了眾人，說道：「林東有生之年能與那麼多前輩一起拚搏，想起來就是一件令人熱血沸騰的事情。」

李同說道：「林總，今天大傢伙來了，也見到蒼哥了，還謀了份好差事。當年我們從牢裏出來之後，許多公司不要我們，加上秦建生在背後使陰招，我們這些人才落得這步田地，空有一身本事，卻只能回家種田，真是過了幾年憋屈的日子啊！」

林東聽他提起秦建生，笑道：「諸位可以放心，我擔保秦建生蹦躂不了多久，他以後的日子不會好過。」陸虎成已與他有了約定，金鼎與龍潛攜手對付管蒼生，根本就不是管蒼生可以抵禦得了的。

眾人都受過秦建生的欺，與秦建生仇深似海，聽了林東這話。莫不歡欣鼓舞，追隨林東的心更加堅定了。

管蒼生道：「好了，今天就到這兒吧，大傢伙回去趕緊處理事情，早點到蘇城來找我，以後兄弟們一塊做事，一塊喝酒吃飯。那日子絕對痛快！」

眾人紛紛起身告辭，林東和管蒼生一直將他們送到門外。看著他們一個個上車走了。

「林總，咱們也回去吧。」管蒼生道。

林東與他開始往酒店走去，「管先生，這次來京城最大的收獲，就是能拉攏你的這幫兄弟進金鼎！」

管蒼生歎道：「是啊，他們的出現也令我大吃一驚，證明我管蒼生做人還不是那麼失敗。不過有一點咱們得防著，這幫人雖然曾經都是我的兄弟。但畢竟有十幾年沒見了，是不是還像以前那樣對我忠心不二？人心隔肚皮，我就不敢保證了。說不準裏面就有人是秦建生或者是別的對手安插進來的奸細，咱們不得不防，所以等他們進了公司之後，我得安排些節目考驗考驗他們。」

林東這才發現自己高興的過頭了，管蒼生說的這些話很有道理，這些人忽然到訪，多年未見，情意是否如初。這些都是未知數。如果真是對手打入內部的棋子，這可真是麻煩。當初倪俊才收買了周銘，就給他製造了不少麻煩，而管蒼生的這些舊部，個個的本事都要比周銘強十倍不止，如果他們中有內鬼，金鼎投資將遭遇不小的麻煩。

「管先生，我真希望是咱們多慮了。不管怎麼說。他們都是你的人，你怎麼做，我不干預。」林東說道。

管蒼生道：「是兄弟的，我待之如骨肉！如果是內奸，一旦被我發現，我絕不會手下留情。我也希望是我多慮了，我的這幫兄弟如果心齊的話，那可都是一幫好手啊！」

二人說話間就進了電梯，林東說道：「今晚十點的火車，晚上陸大哥應該會過來，咱們好好休息休息，他晚上肯定會拉著咱們喝酒的。」

管蒼生搖頭苦笑：「東北小燒，我真的喝怕了。」

林東回到房間裏不久，就聽到了敲門聲，打開門一看，是穆倩紅來了。她手裏提著東西，笑道：「林總，這是我幫你買的京城特產。」

林東忙從她手裏把東西接了過來，笑道：「倩紅，多謝你了。」

穆倩紅笑道：「你這是說的哪裏話，你是老闆，為你做事是應該的。」

林東笑道：「如果因為我是你老闆你才幫我買東西，那我可真的要傷心了。我一直都沒有把你當做員工，你是我配合默契的夥伴，是我的好朋友。」

穆倩紅道：「工作之外，你也是我的好朋友。好了，林總你休息吧，我回去了。」

「等會兒，」林東掏出了錢包，「這些東西多少錢？」

穆倩紅道：「都是些不值錢的東西，你知道我也不缺那些錢的。如果你要給我，我可不高興了。」

林東收起了錢包，笑道：「那就算我欠你一個人情吧，改天我請你吃頓飯。」

「這個可以有。」穆倩紅笑了笑，走開了。

林東關上了房門，看了看穆倩紅給他買的京城特產，大多數都是吃的，正好可以帶回去分給大家。

林東見時間還早，就躺在床上睡了一會兒，一睡就睡著了，醒的時候還是因為被手機的鈴聲吵醒的，一看號碼是陸虎成打來的。

「喂，林兄弟，你在睡覺啊？」陸虎成問道。

林東答道：「陸大哥，還真讓你猜著了，還是被你的電話吵醒的。」

「這還用猜，電話響了半天你才接，我到酒店了，見面再聊。」說完就掛了電話。

過了沒幾分鐘，陸虎成就帶著龍潛一行人進了林東的房裏，司空琪、趙三立、于兵都來了，劉海洋在下面停車，過了不久也到了，手裏還提著很多東西。

陸虎成道：「林兄弟，海洋手裏的東西是我送給你的員工的，來而不往非禮也，你們送了小金鼎，咱也得表示表示，否則就太沒禮貌了。」

林東笑道：「陸大哥你真是太客氣了，那我代大家謝謝你。」

司空琪笑道：「林總，你們今晚就要回去了，所以陸總把我們帶了過來，讓我們給你們踐行呢。」

林東一看時間，已經五點多了，外面的天已經黑了，說道：「哎呀，我一睡就睡過頭了。這樣吧，諸位隨我先去下面的包廳，我通知員工們下去。」

眾人離開了林東的房間，林東一邊走一邊給穆倩紅打電話，告訴她帶著員工們下去，說陸虎成帶著龍潛一行人已經到了。到了包廳不久，穆倩紅就帶著金鼎眾人到了。

兩方人有了上次的接觸，這次見面一開始氣氛就特別好，各自找彼此熟悉的人聊了起來。于兵看到了管蒼生，他也知道了管蒼生失蹤的消息，上前問道：「先生昨天的事情嚇死我了，可我沒能耐，只能乾著急啊！」

管蒼生笑道：「小于，你瞧我這不是好好的嘛，別擔心，我命硬著呢。」

依舊是席開兩桌，分別在即，酒桌上熱烈的氣氛中頗帶些傷感，不過好在在場的老爺們居多，即便是有不捨的感情，也全都融入了酒裏。陸虎成這次帶來了兩箱東北小燒，勢必要讓林東等人喝好才准他們回蘇城。

管蒼生是喝怕了，喝了一會兒就藉故上廁所尿遁了，在廁所裏老半天才出來。

哪知剛一出來，就被陸虎成按在了座位上，嚷嚷著要罰他的酒。管蒼生苦不堪言，只好端起酒杯往肚子裏灌。

林東要替管蒼生喝，卻被陸虎成攔住了，說不是什麼事情都可以替的，對於躲酒的人，抓到了就要灌他多喝。

對於陸虎成的熱情，管蒼生躲也躲不開，只能喝了。

晚上八點，陸虎成結束了晚宴，他知道林東一行人要坐十點的火車離開，還有兩個小時的時間，收拾一下行李加上趕去車站的時間，剩下的時間應該不會很寬裕。

「林兄弟，車子我已安排好了，你們上去收拾一下行李，我們在下面等你們。」陸虎成道。

金鼎眾人開始向龍潛一行人道別，氣氛陡然間傷感了起來。

林東等人回到了房間，麻利的整理起行李。林東的東西不多，整理好行李之後就把陸虎成送來的禮物挨個送了過去。陸虎成送來的禮物裝在盒子裏，也不知道裏面是什麼東西。

眾人整理好了行李，在電梯前集合，等到所有人都到齊了，一起乘電梯下去。管蒼生戴上了鴨舌帽，背著他那個牛仔布的破背包，站在人群中，看上去頗有點不協調的感覺。

到了樓下，眾人退了房，陸虎成等人已在車子旁邊等他們了。司空琪等人和金鼎一行人道別，劉海洋找來了一輛中巴車，金鼎眾人都上了車。陸虎成走到林東和管蒼生的座位前，「林兄弟、管先生，我就不送你們去車站了，那地方太傷感。」

「大哥保重，咱們後會有期。」林東道。

管蒼生笑道：「陸兄弟，下次別再灌我酒，我老了，不是當年的管蒼生了。」

陸虎成哈哈一笑，「放心，下次你少喝點就是了，不喝是不行的。」

劉海洋親自開車，他喝的酒越多，開車越穩當，今晚的車開得要比昨晚穩當多了，一個小時左右就把金鼎一行人送到了車站。

回到了蘇城，已是凌晨三四點鐘，眾人在車上的時候沒一個睡覺的，興奮的一路都在談論這次在京城的見聞，等下了車之後，就都散了。林東知道此行辛苦，特意批准他們明天不用上班。

管蒼生沒車，林東就開車將他送到了家。管蒼生現在住在蘇城一所高檔社區內，房子是穆倩紅找的，三室兩廳，離公司只有步行一刻鐘的路程。將管蒼生送到了家，林東這才開車回了家。

到家之後，洗漱之後倒頭就睡。等到第二天醒來之時，竟然已經是下午三點多鐘了，起來拉開窗簾，打開窗戶，外面春光明媚，鳥語花香。這幾天習慣了京城的冰冷，猛然回到蘇城，發現不知不覺中春天的腳步已經來到，蘇城儼然已經進入了春季。

朝樓下望去，社區內四季常青的樹木葉子明顯的變了顏色，冬天的時候，綠色之中帶著黑色，而現在已看不到黑色，綠色之中帶著點嫩黃色。乾枯了的草坪開始泛起了青色，還有不知名的野花點綴其間，星星點點，白色的花蕊就如夜晚星空中的一點。

林東站在窗前，閉著眼睛嗅風中的味道，隱隱約約有一種清香淡雅的味道。春天來了！他心裏忽然生出一個想法，想要去踏青，一個人背上背包，帶上攝影器材，在曠野中行進一天，餐風露宿，在廣闊天地間尋找春天的腳印。

正當他遐思之時，床頭櫃子上的手機響了，將他從遐想之中拉回到現實裏。

他拿起手機一看，竟然是蕭蓉蓉打來的，接通後笑道：「蓉蓉，是不是想我了？」

蕭蓉蓉的語氣有些冰冷，「你回來了？」

「嗯，昨晚凌晨才到蘇城，你怎麼知道的？」林東答道。

蕭蓉蓉道：「我在路上看到了你公司的員工，他認得我，過來跟我打了聲招呼，我隨口問了一句，是他告訴我的。回來了為什麼不找我？」

林東心道原來蕭蓉蓉是生氣了，笑道：「旅途勞累，五分鐘之前我還閉著眼睛躺在床上睡覺呢，你今天沒上班嗎？」

蕭蓉蓉道：「今天休息。你……有沒有空出來？」

林東說道：「嗯，我也很想見你。蓉蓉，我有一個想法，不知你願不願意。」

蕭蓉蓉道：「你有話就快說，別扭扭捏捏的。」

林東道：「是這樣的，我剛才忽然想要去踏青了，咱們今天出發，晚上在野外搭帳篷露宿，還可以一邊燒烤一邊看星星。」

蕭蓉蓉道：「你的計畫我很感興趣，可是我明天還要上班。林東，抱歉了，你會不會很失望啊？」

蕭蓉蓉像是做錯事了一樣，小心翼翼的問道。

「沒有，我能體諒你。」

蕭蓉蓉的話也讓林東冷靜了下來，離開多日，兩個公司都有事情等著他處理，這個時候出去踏青，的確不是個好選擇。若他還是從前那個窮小子，大可以在任何時候不顧一切的出去玩，而現在有幾千人跟著他做事，反而有了很多的束縛，再也不能想到什麼就幹什麼了。

「你一個人在家嗎？」蕭蓉蓉問道。

林東道：「是啊，就我一個人，怎麼了？」

「晚上我去你那兒吧，我知道你不方便和我光明正大的出來逛街吃飯，還是我晚上去你那裏吧。」蕭蓉蓉一切都為林東考慮。

林東道：「有什麼不能光明正大的？蓉蓉，你別太刻意了，這樣吧，我去你家附近的那個溜冰場溜冰，晚上就在那邊的餛飩攤上喝餛飩，然後開車帶你過來，怎麼樣？」

「萬一被熟人看見怎麼辦？」

自從與林東確立關係之後，蕭蓉蓉變得異常敏感起來。她害怕被熟人看見，一是害怕給林東帶來麻煩，畢竟他和高倩已經到了談婚論嫁的地步，二來也是害怕別人看到她做了別人的小三。

林東歎了口氣，說道：「那好吧，晚上你過來找我吧。」

掛了電話，林東穿了棉襖就出了門，既然無法到野外踏青，那就在社區裏逛逛吧。

太陽已經開始落山，空氣依然很清冷，不過這清冷之中，已明顯感覺得到一股微弱的暖流在流動。他知道再過不久，撲面而來的風就會變得暖了，到時候素有人間天堂之稱的蘇城將會滿城花開，到處都瀰漫著花香，那才是蘇城一年之中最美的季節。

林東在社區裏走了一圈，倒是讓他發現了不少春天的足跡。等到天色漸漸暗了，氣溫驟降，看來春天仍是處於襁褓之中的嬰孩，還遠不及冬天這個已經步入老年的季節強大，冷風吹在臉上，雖不像北方的風那般乾硬，潮濕冰冷，卻也十分不舒服。

林東想起晚上蕭蓉蓉要過來，家裏的冰箱早就空了，於是就朝社區外面走去。菜場離社區不遠，步行七八分鐘就能到。自從做了金鼎建設的老闆之後，他就很少親自去買菜了，實在是忙得沒有時間，而且回這邊的次數也不多。

到了菜場，卻是一片冷冷清清的景象。每個攤位前都是被人揀剩下來的菜，像他這樣傍晚過來買菜的人實在不多。早上的菜是新鮮的，所以絕大多數人都是挑早上的時間過來買菜。

許多賣菜的攤位前都豎起了降價促銷的招牌，林東看了一圈，買了兩條鯽魚、一塊豆腐、兩根蘿蔔、兩斤青椒和四個雞蛋。

這些東西都是他在這些被人挑剩下來的菜之中精挑細選的，所以頗費了些時間，等到離開菜場的時候，外面已經上了黑影。

蕭蓉蓉給林東打完電話之後不久就回了家，到了家裏就打開衣櫥，想著穿什麼衣服去見愛郎。她的房間裏最多的就是衣服，一時間覺得哪件都不錯，又覺得哪一件都欠缺點什麼，直到蕭母下班回來，她還沒挑好衣服。

蕭母推門進來，看到蕭蓉蓉正在拿著衣服比劃，過來問道：「蓉蓉，你這是要出門？」

蕭蓉蓉愣了一下，撒了個謊，說道：「媽，晚上我不在家吃飯了啊，出去和朋友們聚會，可能玩通宵呢。」

蕭母笑道：「好啊，你好好玩玩，多接觸接觸朋友。」

蕭蓉蓉知道母親的心意，是希望她能儘快交上男朋友，父母一直在為她的婚事犯愁。蕭家老兩口子知道自己的女兒很優秀，可以說是太優秀了，所以能看得上眼的男生也極少，所以一再為蕭蓉蓉的婚姻問題操心。

蕭蓉蓉知道父母是絕對不會接受她做別人的小三這個事實的，如果讓父母知道，恐怕老倆口要氣得吐血，很可能以後將她禁足在家，不准她外出。蕭蓉蓉每每想到這個問題就心煩意亂，一方面害怕父母傷心，另一方面也不捨放棄對林東的感情，痛苦就在這難以抉擇之中逐漸滋生成長。

不過她不會去為難林東，當她知道高倩曾經在林東落魄之時給予他的關懷之後，她就知道誰也無法令那個男人離開高倩，即便是她！如果撕破了臉皮，林東斬斷的肯定是與她的情絲！

想到這些，蕭蓉蓉突然沒有精心打扮的興致了，隨意挑了一件衣服，坐在床上發了一會兒的呆，然後才無精打采的坐到梳粧檯前畫了個淡淡的妝。她看了看外面，天已完全黑了，這才拎起包出了房門。

蕭父正好從外面剛回來，瞧見女兒往外走，笑道：「閨女，晚上有活動啊？」

「嗯。」蕭蓉蓉不敢看父親的眼睛，拎著包一陣風似的出了家門，有點驚慌而逃的感覺。

蕭蓉蓉害怕被人認出她的車，所以沒有開車，到社區門口攔了一輛計程車，告訴了司機地點。

林東買了菜剛到家不久，就收到了蕭蓉蓉的簡訊，說是已經進了社區的門，要他去樓下給她開門。林東穿上外套，到了樓下，蕭蓉蓉也差不多到了。見了林東，蕭蓉蓉一聲不響，朝他使了個眼色，意思是說讓他開門，等進了屋再說話。

林東會意，開了門，裝出像是兩個不認識的人似的，一前一後進了電梯。

到了家裏，林東笑道：「蕭警官，你還真是裝得有模有樣的。」

蕭蓉蓉脫下了外套，把頭上的帽子也摘了下來，一頭如瀑的秀髮散落了下來，「壞人，難道你不知道我這都是為你好嗎？若是讓高倩知道你在外面有別的女人，以她的性格，非得把你劈了不可！」

林東不想繼續這個話題，說道：「我去菜場買了菜了，有沒有興趣和我一起做頓飯？」

蕭蓉蓉道：「不好意思，本姑娘一向只知道吃，一道菜也不會做。」

林東搖頭苦笑，「大小姐，你該學了。」想到高倩為他學習做菜，心底驀地湧起一陣強烈的愧疚之感。

林東圍上了圍裙，進了廚房，他今晚打算做兩道菜，一道是青椒炒雞蛋，另一道是鯽魚蘿蔔豆腐湯。魚是在菜場就殺好的，他只需將魚洗乾淨就行。蕭蓉蓉從後面看到林東在廚房裏忙碌的背影，心中悲喜交加。

鯽魚湯需要一些時間，等到魚湯快要好的時候，林東才將青椒雞蛋炒了。

晚上七點多鐘，林東將熱氣騰騰的鯽魚湯端上了桌。

「蓉蓉，過來嘗嘗我的手藝。」林東笑道。

蕭蓉蓉已經迫不及待了，聞到湯裏飄出來的香氣，肚裏的饞蟲都被勾了上來。林東給她盛了一碗，她喝了一口就豎起了大拇指。

「林東，想不到你還有這一手，看不出來啊，真厲害，你這廚藝是怎麼練出來的？」蕭蓉蓉問道。

林東笑道：「半天都沒練過，很多事情不是不會，而是不願。如果沒有人給你做飯，逼得你自己做，你肯定能做得比我好。」

蕭蓉蓉知道他有一段艱辛的經歷，笑問道：「林東，你把你剛畢業那會兒的經歷說給我聽聽，我挺感興趣的。」

「為什麼？」林東問道。

「如果想要深入瞭解一個人，光瞭解他的現在是不夠的，還要瞭解他的過去，這樣才夠完整。」蕭蓉蓉用一雙像是會說話的眼睛看著林東，「我想瞭解你，深入瞭解你。」

林東很少與人說起過去之事，此刻想起，深感過去艱辛之餘，又覺得自己是這世間上最幸運的人，不僅有疼愛自己的雙親，得到了令他發財的玉片，而且還得到幾位佳人的青睞。

對蕭蓉蓉說完了他以前艱苦的歷程，蕭蓉蓉聽得眼睛都紅了。

林東卻是一臉笑容，「過去雖然過了一段苦日子，慶幸的是我從未絕望，一直都相信我能夠以自己的努力使自己和所愛之人過上好的生活。從今天來看，我做到了。」

正是那種逆境之中不絕望、不服輸、不認命的精神，才使他贏得了眾多佳人的青睞，若是論身家，比他有錢的大有人在，若是論權勢，他就更排不上號了。人活一口氣，正是他身上的那股子勁兒，才使他能夠團結一群對他忠心耿耿的能人，令他的事業一步一步攀上高峰。

「蓉蓉，喝湯呀，再不喝都涼了。」林東說著又給蕭蓉蓉盛了一碗魚湯。

蕭蓉蓉接過他手裏的碗，咧著嘴哭道：「林東，你以前的日子太苦了。」

林東深情的看著她，笑道：「我的蓉兒就算是哭的時候也很漂亮。」

「不正經！」蕭蓉蓉擦了一把眼淚，嗔道。

吃完了晚飯，林東要去收拾碗筷，蕭蓉蓉卻攔住了他。

「今天就讓咱倆分個工吧，你做菜我洗碗。」

「你能行嗎？」

蕭蓉蓉是千金小姐，估計這輩子都沒洗過幾次碗，林東不禁問道。

蕭蓉蓉道：「沒有行不行，只有肯不肯。嘿嘿，這是你教我的！」

「好個伶牙俐齒鬼怪精靈的丫頭。你不怕你白嫩嫩的手沾上油，你就去洗吧。」林東也不攔她。

蕭蓉蓉一聽這話，往後退了幾步，以害怕加厭惡的眼神看著餐桌上的盤子，擺擺手。「能者多勞，林東，還是你來吧。」

林東二話不說，端起盤子進了廚房。等到他洗刷了鍋碗出來之後，蕭蓉蓉已經洗漱好了，裹著浴袍從浴室裏走了出來。林東離得幾步遠都能聞得到她身上散發出來的芬芳香氣。

看到林東噴火的眼神，蕭蓉蓉俏臉一紅，說道：「你快去洗澡刷牙，否則不准碰我。」

「好，那你先上床等我，如果有興致的話，再陪我洗一次也可以。」林東便朝房間裏邊走邊說道，開始在房間裏找換洗的衣服。

「想得美。」蕭蓉蓉直接上了床，靠在床頭上，打開了電視機。

林東拿著換洗的衣服進了浴室，蕭蓉蓉聽到浴室裏傳來的水聲，身體已經開始發熱。

第二章

誰給的錢多，我就為誰工作！

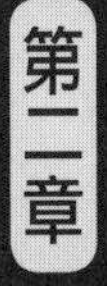

江小媚遞上辭職信：「林總，我是來向您辭職的。」

林東身軀一震，難以置信訝聲問道：「小媚，你也要背叛我？」

江小媚道：「林總這話怎麼說的，我又沒跟你簽賣身契，談什麼背叛啊？良禽擇木而棲，金老闆財大氣粗，能給我我想要的，聰明人都會做出選擇。」

「江小媚！林總很器重你啊！」周雲平憤憤不平的說道，帶著怒氣。

江小媚冷哼一聲：「哼！什麼叫器重？光做事不給錢是嗎？我出來工作是為什麼？誰給的錢多，我就為誰工作！」

第二天一早，蕭蓉蓉仍是很早就離開了林東家裏。那時候林東還沒醒來，她在他臉上親了一口，可林東睡得太死，竟然沒有發覺，等到他醒來的時候，蕭蓉蓉已經到了工作地點。

林東上午就去了溪州市，那邊的金鼎建設公司估計有一攤子事情需要處理。進了辦公室，就瞧見一臉憔悴的周雲平。

「老闆，你可回來了！」周雲平一臉苦相。

林東笑問道：「小周，你這是怎麼了？」

周雲平歎道：「金氏地產太猖狂了，不遺餘力的從咱們公司挖人。你不在的這幾天，我在辦公室的每分每秒都用於應付離職員工的身上了。短短數日，公司有將近一百人離職，就連咱們公司的股價都受到了影響。外界傳聞，都說咱們公司財政狀況出了問題。」

林東明白了周雲平的意思，笑道：「沒錯，資金短缺一直是咱們公司的大問題，你還是跟我說說離職的都有哪些人吧。」

周雲平把面前堆的厚厚的一疊資料搬到林東面前，「老闆，還是你自己看看吧，人太多，我記不全。」

林東翻了翻，基本上離職的人都在他預料之內，有不少還是公司的中層，但絕大多數以下層員工居多。

他把資料還到周雲平手上，「還有其他情況嗎？」

周雲平想了想，欲言又止的樣子：「這事我不知道該不該說。」

「有什麼你就說，別吞吞吐吐的。」林東道。

周雲平說道：「公關部走了好幾個，都是江小媚的得力助手，現在公司裏都傳言江小媚也要去金氏地產。」

「剛才的名單裏沒江小媚吧？我沒看到。」林東裝出很驚訝的樣子，「我對江小媚不薄，她不會吧？」

周雲平道：「她的確是還沒有離職，不過我聽說是她開的條件太高，金河谷還在考慮，反正現在公司是傳得沸沸揚揚。對了，江小媚昨天還打電話問我你有沒有回來，看樣子像是有事情要與你說。」

「其他人走就走了，如果江小媚也要走，那我可真的要寒心了。」林東歎道。

周雲平道：「她原本是汪海的親信，多次說過得不到你的重用，看來早就有異心了。老闆，我覺得江小媚很可能是要走了，咱們該考慮接替她的人選了。」

林東道：「這個不談了，還有沒有別的事情？」

周雲平翻開筆記本看了看：「任高凱來找過你幾次。北郊那邊的樓盤已經動工了，還有就是林菲菲也來過。這幾天我只看到她一張笑臉，患難見真情，林菲菲是好樣的！」

林東道：「你幫我聯繫任高凱，他如果有事，就讓他到我辦公室來。」說完，林東沉著臉走進了裏間的辦公室，周雲平瞧他的模樣，以為林東是生氣了。

周雲平給任高凱打了個電話，說道：「老任，在哪兒呢？」

任高凱還在家裏，昨晚與朋友喝酒喝到半夜，此刻還在床上躺著。見是周雲平的電話才接的，說道：「周秘書啊，我在工地呢，怎麼啦？」

周雲平聽到電話裏安安靜靜的，心知這老傢伙肯定不在工地，也沒揭穿他的謊言，說道：「老闆回來了，你不是有事找他嘛，可以過來了。」

任高凱道：「周秘書，多謝你通知我，我馬上過去。」

掛了電話，任高凱就在床上躺不住了，馬上就下了床，問老婆道：「我那天穿回來的在工地上穿的那身衣服洗了沒？」

任高凱老婆說道：「還沒，怎麼了？」

任高凱道：「找出來、找出來……」

他老婆一臉疑惑，「你要那髒兮兮的衣服幹嗎？」

「哪來的那麼多廢話，快點！」任高凱一向在家裏說一不二，他老婆被他罵了幾句，馬上就不作聲了，把任高凱那天從工地上穿回來的髒衣找出來，遞給了他。

任高凱穿上那髒兮兮的衣服，衣服上沾了些水泥和塵土，穿到身上還真有點剛從工地回來的感覺，然後又穿上膠靴，噔噔噔下了樓。他開車直奔公司，這一身裝束進了金鼎大廈，馬上引來了眾人側目觀看。

任高凱又在作秀了，所有看到他的人心裏都是這個想法。

周雲平看到任高凱穿的這一身之後，忍不住笑了出來，「老任，可以啊。」

任高凱知道周雲平這句話不是在誇他，嘿嘿一笑，說道：「老闆在裏面吧？」

「進去吧，在等你呢。」周雲平道。

任高凱邁步沉穩的步伐進了裏間的辦公室，「林總，我來了。」

林東抬頭一看，任高凱頭戴安全盔，腳踩膠靴，身上穿著工地上的制服，褲腿上沾了不少髒東西。

「老任，你這是剛從工地上過來嗎？」林東笑問道。

任高凱點點頭，笑道：「是啊，剛開工，我每天都去那邊盯著。」

林東笑道：「你好些天沒換衣服了吧，你瞧，褲子上的水泥都乾成那樣了。」

林東並沒有點破，他一眼就瞧出來任高凱不是剛從工地上過來，穿成這樣過來，純粹就是為了作秀給他看。林東可以容忍任高凱愛作秀這個毛病，畢竟任高凱也是個會做事能做事的人，而且這次的離職風暴中他並沒有參與，足可以說明這個人對他還算忠心。

金河谷當然不會放過像任高凱這樣在金鼎建設身居要職的人，給他開出了很好的條件，不過卻被任高凱一口拒絕了。

任高凱自問平生沒什麼大本事，但是看人的功夫卻不差，林東與金河谷比起來，金河谷除了暫時比林東有錢之外，可以說是毫無是處，他堅信跟著林東這支潛力股，肯定會好過於金河谷那個富家子。論起金氏地產和金鼎建設的發展，任高凱同樣堅信金鼎建設能將金氏地產打的落花流水！

任高凱心知林東剛才的那番話是給留足了面子，笑道：「是啊，每天都要去工地，反正洗乾淨了穿過去還得髒，所以就懶得換下來洗了。林總，工地開工了，我不得不說這次你請來的這幫工人們真是好樣的，一個個幹活都很帶勁，看樣子就像是給自己家幹活似的。人雖然少了些，但我相信一定能提前完成工期。」

林東道：「老任，工地上的事情你還真的看著點，用心盯好了，咱們現在有對手了，你明白我的意思，我怕對手暗中使壞，所以咱們用的材料，我要求你全部自己經手，出了問題，你要負全責！如果北郊樓盤能夠高品質完成，年底少不了你的獎金！」

林東深深瞭解金河谷的為人，很可能會在暗地裏幹一些卑鄙的事情。目前金鼎建設只有北郊樓盤一個在動工，金河谷如果要使壞，也只有北郊樓盤這一個地方可以下手，所以才吩咐任高凱要特別小心。

「林總把那麼重要的事情交給我，那是對我的信任，我一定不辜負。」任高凱當場表明了決心。

林東笑了笑，說道：「現在公司出了點亂子，人心思動，老任，患難見真情啊，所有在這時候沒有拋下我林東和金鼎建設的人，我林東都在心裏記著。會有這麼一天，這些人會為自己當初的抉擇感到慶幸，也會有一批人將為自己當初的選擇後悔不已！老任，我相信你，那是因為你相信我！」

任高凱明白林東的意思，心裏頗為感動，他毫不懷疑林東方才所說的話，他不會為選擇了跟著林東而後悔。如果今天在位的還是汪海，他應該早幾天就投奔金河谷去了。

「林總……唉，老任我不多說了，我以前是喜歡搞一些花架子，以後我不會了，我任高凱會實實在在做事做人，請林總監督！」

林東道：「老任，你有決心就肯定能做到。下午我去工地看看，給大夥兒提提氣。」

任高凱道：「我想大夥見了您一定士氣大振，林總，那我就先過去了。」

林東笑道：「好，你忙去吧。」

任高凱走後不久，林東的辦公室門外忽然出現了一個人，周建軍！

周雲平見到他，顯然是一時沒有反應過來，愣了一下。

「周秘書，怎麼，不認識我了？」周建軍笑著走了進來。

「周建軍，你來幹什麼？」周雲平不悅的問道，他還記得當初正是在這間辦公室內周建軍對林東動手，不過卻反被林東制服。

周建軍嘿嘿笑了笑：「小周，這裏是我工作了多年的公司啊，我回來看看，難道也不可以嗎？」

周雲平瞧見他西裝上別著的金屬徽章，圖案是一棟金色的大廈，就明白這傢伙來幹什麼的了。

「別看了，純金的，對面金老闆可大方了。小周，如果你想過去，我可以幫你引薦，絕對比你在這賺得多。」周建軍得意的笑道。

周雲平冷冷一笑：「原來是投靠新主子了，難怪要過來叫喚幾句。」

周建軍忽然暴怒：「媽的，你說什麼？」

周雲平毫不懼怕：「我沒說什麼，你聽見了啥，要不說給我聽聽？」

這時，林東在裏面聽到了周建軍的聲音，走了出來，笑道：「小周，給周先生上茶，進門就是客，不能怠慢了。」

周建軍瞧見了林東，挺直了腰杆，他人高馬大，比林東還要高五六公分：「林總啊，今天我回公司轉了一圈，發現貌似少了不少人啊，您可得花點心思搞好公司了。畢竟是我周建軍效力過多年的公司，我是真心希望亨通地產能夠好起來。」

「周先生現在在哪兒高就啊？」林東明知故問的問道。

周建軍臉上笑開了花，說道：「咱還是有緣，我就在對面工作，金氏地產，負責整個公司的安保工作，做的還是老本行。」

周建軍今天來這裏的目的，就是向林東炫耀來的。

「工資嘛，是原來的兩倍。說起來我還得感謝林總，如果不是當初你把我開除了，我哪來這麼好的機會。」周建軍哈哈笑道。

金河谷連周建軍這種人都敢要，林東心道，金河谷你就等著公司少東西吧。

「恭喜啊，周先生。」林東冷冷道。

周建軍達到了目的，轉身就朝門外走去。這時，正好江小媚走了進來。

「小媚，金老闆說你也會過去，啥時候過去？」周建軍見到江小媚，倒是不急著走了。

江小媚沒有回答周建軍的話，逕自走到林東面前，雙手遞上辭職信：「林總，我是來向您辭職的。」

林東身軀一震，一臉的難以置信，訝聲問道：「小媚，你也要背叛我？」

江小媚冷冷道：「林總這話怎麼說的，我又沒跟你簽了賣身契，談什麼背叛啊？良禽擇木而棲，金老闆財大氣粗，能給我我想要的，聰明人都會做出選擇。」

「江小媚！林總很器重你啊！」周雲平憤憤不平的說道，帶著怒氣。

江小媚冷哼一聲：「哼！什麼叫器重？光做事不給錢是嗎？給我畫一個大餅，又想馬兒跑得快又想馬兒不吃草，天底下哪有這樣的好事？我出來工作是為什麼？誰給的錢多，我就為誰工作！」

「金河谷給了你什麼待遇？我也給！」林東怒道。

江小媚笑道：「林總，年薪三百萬，每年兩個月帶薪休假。你給得起嗎？」

林東默然。

江小媚把辭職信往周雲平的辦公桌上一放：「天下無不散之筵席，咱們好聚好散。林總，祝福我吧。」

林東揮揮手：「江小媚，我不想再見到你，滾！」

江小媚面露不屑，轉身就朝門外走去。周建軍得意非凡，看到林東氣急敗壞的模樣，他開心極了。

林東進了辦公室，把門摔得山響，周雲平搖頭哀歎，不知道如何安慰他。雖然早知道江小媚要走，卻沒有想到江小媚竟然說出那麼狠的話，簡直令老闆顏面掃地，這太過分了！

周雲平平時與江小媚相處的還算不錯，本以為她辭職了也就辭了，沒想到竟然鬧出那麼大動靜，想想就來氣，追出去想問個究竟。到了樓下，江小媚和周建軍已經走了，所有人都在討論江小媚離職的消息，一時間傳得沸沸揚揚。

周雲平回到辦公室，到了中午，進裏間的辦公室叫林東去吃飯，推開門一看，見林東仍是板著臉，一臉的黑氣。

「老闆，吃飯嗎？」周雲平低聲問道。

「你去吧，我不餓。」林東看都沒看他一眼。

周雲平也沒敢多問，關上門就走了。

這時，林東從桌子下面把手機拿了上來，他正在和江小媚通電話。

「林總，周建軍這次來的正好，他回去跟金河谷說了我和你在你的辦公室大吵大鬧的事情，金河谷很開心，對我更是沒有半點懷疑。」江小媚已經回了家，金氏地產那邊屁事沒有，她留在辦公室也沒事情做。

林東笑道：「今天咱倆演的還算真實，周建軍那個沒腦子的傢伙，還以為到我這說點話能刺激到我，卻不知被我利用了。」

周建軍在外面和周雲平說話的時候林東就聽到了，認為這是個好機會，就發了簡訊給江小媚，要她馬上過來辭職。江小媚到了這裏和他鬧的撕破了臉，正好有周建軍從旁見證。林東料定周建軍回去之後肯定會向金河谷提起在這裏看到的事情，這對江小媚取得金河谷的信任很有幫助。

果然，周建軍被人當槍使了還不知道，回去之後就跑到金河谷那裏彙報去了，向金河谷描述林東當時的臉色有多麼難看。金河谷自然樂得心裏開了花，只要是能讓林東不高興的事情，他都願意去做。

「林總，我把我部門裏有異心的全部帶了過來，把好的全部留下了。」江小媚道，公關部幾個離職的都是她授意的。

林東道：「小媚，從此你就要孤軍作戰了，萬事千萬要小心，任務可以完不成，但我不能讓你受到傷害！」

「放心吧，我不是那麼好對付的。」江小媚笑道。

「萬事小心，如有必要，你可單方面終止臥底行動！」林東強調了一遍。

江小媚感受得到來自林東的關心，心裏暖暖的。

掛了電話，林東就離開了辦公室。他故意黑著臉，路上遇到員工和他打招呼，一概不理。所有遇到他的員工都感到很奇怪，平時和善親切的老總今天是怎麼了？一打聽才知道是江小媚離職了。

林東開車在大街上晃悠，找了個地方獨自一人吃了頓午飯。等到了下午兩點，開車去了北郊的樓盤。

任高凱已經在門口等了好一會兒，見到了林東的車，打起了精神準備迎接。林東把車停在門口，下了車，任高凱和工程部的下屬就感到了老闆身上的寒氣。

「把膠靴和安全帽拿過來！」任高凱招呼一聲，從下屬手裏把東西拿了過來，親自遞到林東的手上：「林總，換上吧，進工地必須帶安全帽，否則不安全。」

林東默然不語，一聲不響的換了鞋，戴上了安全帽。

「江小媚去對面了。」

「啊？」任高凱訝聲道：「不會吧？她一向很看好您的啊，林總！」

林東搖搖頭：「算了，不說這個人了。老任，咱們走吧。」

任高凱在前面帶路，把林東帶到工地上轉了一圈。林東詳細看了看材料，各種材料的品質都符合要求，沒在工地怎麼逗留，就開車走了。

「老大，老闆這是怎麼了？一直黑著臉。」林東走後，任高凱的下屬問道。

任高凱道：「江小媚背叛了他，投奔金河谷去了。」

那人問道：「老大，你有沒有想過投奔對面去？」

任高凱瞪了他一眼：「你們誰想去就滾蛋，老子不去。瞧著吧，林東要比金河谷可靠得多！」

他的手下人的確是有投奔金河谷的想法，不過他們希望能拉上他們的頭任高凱，有任高凱帶他們過去，到那邊的地位絕對不一樣。但現在看任高凱態度堅決，毫無商量的餘地，也一個個心裏打了退堂鼓，或許真的如老大所說，林東真的比金河谷厲害。

「以後誰也不准在我面前提起金河谷以及金氏地產，如果你們想去，我絕不會阻攔。」任高凱說完扭身就回了工地。

林東開車回到市區，時候還早，就回了辦公室。

過了一會兒，林菲菲進來了。

「林總，我是給你帶好消息來的，請你不要板著臉看我好嗎？」林菲菲笑道。

林東微微一笑：「唉，菲菲啊，我回來之後壞消息接躖而至，哪可能有好臉色。」

林菲菲笑道：「上次新聞發佈會你匆匆忙忙走了，發佈會結束之後你沒看見，很多業主問我們什麼時候再推出新的樓盤，說要介紹朋友去買我們公司的樓盤呢。這幾天我們也確實接到了不少電話，都是諮詢這個問題的。」

「這真的是個好消息，菲菲，我心情好多了，謝謝你。」林東笑道。

林菲菲道：「看到你臉上有了笑容，我也開心。林總，你忙吧，我走了。」

林菲菲走後，林東立馬給穆倩紅打了個電話。

「倩紅，地產公司的公關部主管辭職了，我現在需要你過來幫我挑起公關部這個擔子。」

穆倩紅道：「啊？怎麼說辭職就辭職了？」她記得林東曾在去京城的火車上跟她說過，卻不想林東剛回來，那個人就辭職了。

「有公司給了她更好的待遇，所以就棄我而去了。倩紅，你什麼時候可以過來？」林東問道。

穆倩紅說道：「我先把投資公司這邊的工作交代一下，爭取兩天之內過去。」

「行，倩紅，辛苦你了。」

林東掛了電話，腦袋裏想起江小媚的影子，金河谷為人奸詐狡猾，心狠手辣，也不知派她過去做臥底是不是正確的，心裏期望著江小媚千萬不要出事，否則他一輩子都難心安。

臨下班之前，周雲平笑呵呵的走進了他的辦公室。

「林總，你要的特別行動小組我已經組建好了，要不要見一見？」

特別行動小組是林東組建用來去勘察地形並且為度假村選址的，度假村是林東非常看重的目標，以後不僅能給他帶來滾滾的財富，也會對家鄉的發展起到很大的推動作用。

「他們人在哪兒？」林東迫不及待的問道。

周雲平笑道：「暫時還不在這裏，人我已經找齊了，要不明天約過來見個面？」

林東點點頭，「好，必須要見個面。」

周雲平把手上的資料放了下來，「一共七個人，兩個地質學家，兩個建築學家，兩個設計師，還有一個領隊。他們全部都非常富有野外考察經驗，詳細的資料我放在這裏了。」

周雲平說完就出去了，林東翻開資料看了看，周雲平找來的這幾個人都還不錯，雖然不是國內頂級的行業專家，不過勝在年輕力壯，而且每個人都有不俗的作品問世，令他很滿意。

下班之後。林東開車從車庫裏出來，正當他準備轉彎進入街道的時候，一陣轟鳴的馬達聲呼嘯傳來，繼而是一陣刺耳的剎車聲。金河谷開著他的法拉利，車裏坐著關曉柔，法拉利攔在了林東的車頭前，不到五十公分的距離。

金河谷扭頭朝林東篾笑了一下，猛踩油門，只留下車尾燈在林東的視線裏。

林東本打算去楊玲那裏混一頓晚飯吃，半路上接到譚明輝的電話，問他有沒有空。林東知道譚明輝不會沒事找他，問清了地方，開車就過去了。譚明輝在紫荊花酒店定了酒席。林東不知道還有別人，等到了地方，進包廳一看，還有兩個人。

那兩人腦門光亮，臉上肥肉橫生，典型的腦滿腸肥。林東看了一眼，就猜這兩人估計是吃公家飯的。

譚明輝把他請進去，介紹道：「林老弟，我為你介紹一下，這兩位是我市建設局的張處長和吳處長。」

林東心道還真被他猜著了。這兩人果真是吃公家飯的，笑著伸出手，與他倆都握了一下。

這兩位處長雖然官位不大，但手握實權，是溪州市許多地產商都爭相拉攏的對象。譚明輝與這兩人有交情，正好今天約出來吃飯，於是就想到了林東，想把這兩人介紹給林東認識。

林東知道了這兩人的身分之後，就明白了譚明輝的用意，心裏對他生出感激之情。

「剛才聽明輝說，林老闆是金鼎建設的董事長？」張聞天笑問道。

林東點了點頭，「徒有虛名而已。」

吳自強拍手歎道：「哎呀，我看林老弟不過二十多歲吧，真是年輕有為啊！」

幾乎所有人誇讚他都是這句詞，林東早已習慣，微微笑了笑：「稱不上，以後還得多靠二位父母官多照顧照顧。」

譚明輝拉著林東坐了下來，「林老弟，做事情要講究誠意的嘛，二位處長都是我朋友，你是我兄弟，照顧你是肯定會的，不過你也得表現出誠意嘛。來！」

譚明輝把一瓶酒放到林東面前。

林東拎起酒瓶，倒滿了一杯，二話不說乾了，又倒一杯，還是乾了。連續乾了三杯，這才放下酒瓶，「今天見到張處長和吳處長，我真是高興，三杯酒算是罰我來晚了的。」

俗話說酒品見人品，林東連乾三杯，贏得了張聞天和吳自強不少的好感。

譚明輝在一旁起哄，哈哈笑道：「林兄弟海量，待會還得多喝。」說完，譚明輝就拉著張聞天推杯換盞去了，林東則是主動找上了吳自強，與吳自強你來我往。

張聞天和吳自強的胃都是酒裏泡出來的，酒量十分了得。不過譚明輝和林東的酒量則要比他們強很多，喝了一會兒，二人又交換了對象，林東纏上了張聞天，譚明輝和吳自強則鬥在了一起。

把這兩位處長灌得差不多之後，林東和譚明輝才消停了下來。

譚明輝知道這兩人以後能給林東帶來幫助，不過他也清楚一點，林東要對他們有價值，他們才會盡心盡力的幫他。這個世界上，尤其是官商之間，從來都不是講交情的，講究的是利益交換。如果讓林東去行賄，也就不需要他譚明輝了。

譚明輝很清楚自己的價值，他有本事讓林東在合法的範圍內對這兩位身居要職的處長產生價值，無法抗拒的價值。

「張處、吳處，兩位聽說過金鼎投資沒有？」譚明輝笑問道。

張聞天和吳自強還有四五分清醒，聽到譚明輝的問題，都點了點頭。

張聞天說道：「是在蘇城吧，那邊政府單位裏不少公務員都在那個公司投錢了，賺了不少錢哦。去年去省裏開會，我還遇到了幾個蘇城建設局的，那兩人說他們投了一百萬，半年時間內賺了兩三百萬，當時把老子羨慕得眼都紅了。」

「是呀，我也聽說了，現在蘇城官場上坐下來就談論這事，我上次聽朋友說過，在那個公司投資的確賺錢。可惜那個公司門檻高，要不然我也弄點錢去投。」吳自強歎道。

譚明輝賊兮兮的笑道：「哎呀，二位還擔心那個幹啥啊！林老弟今天在這兒。你們跟他說說，就算只投一塊錢他也絕無二話。」

張聞天和吳自強都是膽子比較小的人，雖然身居要職，但從不敢收受賄賂，所以家底甚至還不如下面的科長硬實。林東的金鼎投資公司起初定的投資起點是一百萬，後來又提高了三百萬，對於他倆這樣的清官來說。三百萬是絕對拿不出來的。

「林老闆是？」

張聞天和吳自強齊聲問道。

譚明輝朝林東笑了笑，「林老弟，帶名片了嗎？」

林東摸了摸身上，搖搖頭，「不好意思，在下沒有帶名片的習慣。」

譚明輝笑道：「二位處長，林老弟就是金鼎投資公司的老闆，以前他的地產公司叫亨通地產，這不前一陣子也改名叫金鼎建設了嘛。他老弟野心勃勃，是想搞一個金鼎集團呢！」

張聞天和吳自強聽了這話，二人立馬站了起來，各自斟上了酒。

「林老闆，原來金鼎投資公司也是你的啊，失敬失敬！」

林東也站了起來，笑道：「不值一提，歡迎二位來投資。我不敢承諾太多，一年讓你們的投資資金翻兩倍是絕對可以的！」

二人已在心裏打起了算盤，如果投一百萬，那一年之後就至少賺兩百萬，炒什麼也不如這個賺錢快啊！

「穩當嗎？」

這二人畢竟是膽小之輩，最害怕的就是蝕了本錢。

「如果賠了本，或者低於我剛才所說的收益，二位處長盡可以到時候過來找我，你們的損失我來賠！」林東信心十足的說道。

譚明輝在一旁幫腔，笑道：「不瞞二位說，我和我哥自打認識林老弟之後，就開始在他的投資公司投資了。去年半年真的是賺得盆滿缽滿，所以現在我有了錢還是往他那裏投，還介紹了不少朋友過去，哪一個現在見了我都對我感恩戴德。那個楚天的李總二位應該還算熟悉吧，去年投了八百萬，淨賺三千多萬，今年又吐了一千萬。那人多精明二位不是不知，不賺錢他能那麼往裏砸錢？」

張聞天與吳自強都對譚明輝嘴裏說的那個楚天集團的老總李強很熟悉，知道譚明輝自然不敢騙他們，此刻心裏已不存絲毫疑慮。

「林老闆，我只能弄出八十萬，能去你那裏做投資嗎？」吳自強問道。

張聞天道：「我能湊出一百萬，可以嗎？」

林東瞧見二人乞求的表情，一種滿足感填滿了內心，剛才還是他處於低位，要向這兩人敬酒，這一轉眼，二人就有求於他了，這感覺真爽！

「譚二哥剛才說了，二位帶一塊錢去我都不會拒絕。朋友嘛，就該互相幫助。我林東拿二位當好朋友，二位去我的公司做投資，那是看得起我相信我，我感激還來不及，錢多錢少都不是問題。什麼時候去辦理手續，告訴我一聲，我會提前跟公司下面人打聲招呼，以貴賓之禮接待二位。」

張聞天與吳自強大喜，各自敬了林東兩杯。他倆一輩子畏畏縮縮，不敢收受賄賂，眼看著身邊人一個個發了財，只能眼紅，不過也看到了不少人因此而鋃鐺入獄悲慘謝幕，所以這些年來一直都很控制好底線。

發財誰不想，只不過他們不願意鋌而走險，只想安安心心的賺錢。如果把錢投給金鼎投資公司，雖然是私募，那賺來的錢也是正當的，可以放心的花，也不怕被對手搞。

接下來，張聞天和吳自強都放開了喝，毫無保留的與林東和譚明輝拚起了酒量，很顯然，這兩人被林東和譚明輝輕而易舉的解決了。喝到後來，二人就不再叫林東「林老闆」了，跟著譚明輝稱呼他為「林老弟」。

酒越喝越多，話題越聊越開。

張聞天醉眼朦朧的看著林東，「林老弟，咱們市要搞兩百萬方的公租房的事情你曉得不？」

林東敏銳的感覺到這是個機遇，沉聲說道：「張處長，啥時候的事情？我怎麼半點風聲都沒聽到。」

吳自強笑道：「你當然不會知道了，是前兩天才商議的事情，不過已經是鐵板釘釘的事情了。咱們市外來人口有七八百萬，這些人的住房問題一直難以解決。這不現在中央提倡搞公租房，市裏領導為了出政績，也想搞一搞。按照以往的經驗來看，公租房是肯定會搞的了，而且要做就做在最前面，現在整個省都還沒動靜，這次提出來這事也是領導班子要求保密的，據我估計，咱們溪州市將會是全省第一個搞公租房的地級市。」

張聞天接著說道：「是啊，這次很急，據說是一二把手親自拍板子定下來的，下面人已經悄悄的在選地方了。」

「承建公司定了沒？」林東最關心的是這個問題。

張聞天嘿嘿一笑，「如果承建公司都定下了，我還跟你提這事幹嗎？林老弟，這個是塊肥肉，就看你能不能吞到嘴裏了。」

吳自強道：「咱們溪州市本地有實力的承建商不多，你的公司算一個。我想兩百萬方的大工程，許多全國性的大地產商肯定也會眼紅，不過我可以告訴你的是，你不用擔心他們來搶食。上面已經定了調子，為了扶植本地企業，這次就在本市的承建商當中挑一個，也就是說你的對手並不多。」

「恭喜你啊，林老弟！」譚明輝抱拳道。

林東發覺到自己的心跳有點快了，調整了一下情緒。

兩百萬方的大工程，如果做好了，不僅能與溪州市地方政府建立良好的關係，還能讓缺錢的金鼎建設狠狠賺一筆，更重要的是，以後溪州市老百姓談論公租房的時候，免不了要提到他的金鼎建設，口口相傳，那就是口碑啊！

「張處、吳處，這工程兄弟我想弄下來，二位給點意見可以嗎？」林東沉聲問道。

張聞天道：「現在全省想搞這個的不是咱們一個市，大家都在爭著搶第一。所以儘快拿出成熟的方案就是你現在所要做的。上面那麼著急，我估計選址應該很快就定下來了。一定下來，我和老吳肯定立馬通知你。到時候如果你能在最快的時間內拿出設計圖和施工方案，這塊肥肉你就吃到嘴一半了。」

吳自強道：「還有一點，留意一下你的對手。這麼大的工程，肯定是對外招標，如果你的對手中與本市高層領導有親密關係的，那你做的太多也枉然。」

譚明輝替林東分析了起來，「本地有實力的地產公司不多，你的公司是唯一一家已經上市了的。我覺得與你有競爭力的只有兩家，萬和地產和金氏地產！萬和地產是溪州市老牌地產商了，起家還在汪海的前頭，所以資歷要比你的金鼎建設老，而金氏地產則是新銳地產商中的領頭羊，依託於金氏強大的資金支持，有條件能在短時間內迅速崛起。據我分析，這次公租房工程的承建商，絕大多數要在你們三家當中產生。」

張聞天和吳自強都點了點頭，溪州市畢竟不是個大地方，加上這次市政府又不允許本地之外其他的地產商加入競爭，所以這次林東的競爭者不多。不過正因為競爭者寥寥，所以也就便於暗箱操作。

林東最怕的就是這個，如果放在公平公正的環境中競爭，他絕不怕任何對手！

譚明輝道：「張處、吳處，林老弟就請你們多多關照，咱們都是朋友，理當互相提攜。」

「這是應當的，我們也希望林老弟能吃下這塊肥肉，他好了，自然忘不了咱們這些朋友。」二人笑道。

晚飯吃完之後，譚明輝嚷嚷著要打麻將，他知道張聞天和吳自強都好這口。林東清楚譚明輝的用意，無非就是想拉近他與這兩位處長的關係，當下就答應了下來。

包廂另一邊的休息區就有麻將桌，張聞天和吳自強一坐下來就聲明了，只娛樂不賭錢。

林東心想就算不賭錢也要讓他倆玩得開心，於是在打牌的時候，動用瞳孔裏的藍芒，每局都是他放炮給張聞天和吳自強。譚明輝在一旁大感詫異，他萬萬沒想到林東打麻將的技術那麼厲害，不過令他捉摸不透的是，瞧林東抓牌的手法，偏偏又瞧不出是高手的樣子。

譚明輝是賭桌上的老手，會玩的花樣很多，深知一點，胡牌簡單餵牌難。胡牌只要胡了自己的就行，餵牌卻要算出來對方需要什麼牌，這個難度可就大了。而林東每把都能餵成功，這就是令他佩服的地方。

「這小子莫不是長了一雙透視眼？」譚明輝心中暗道。

玩到深夜，牌局才散場。張聞天和吳自強的酒都醒了，二人各自開車回去了。

林東和譚明輝站在酒店的停車場內，林東遞給他一支煙。

「譚二哥，今天多謝你了，要不是你，我哪裏能得到這麼重要的資訊。」

譚明輝笑道：「我也是無心插柳，只想著他們倆是建設局的，你現在在搞地產。估計多認識點人不會是壞事，所以就打電話把你叫過來了，也沒想到他們倆會說出這事。不過他們倆既然主動說出來了，就表明他們想交你這個朋友。林老弟，能不能吞下這塊肥肉。就看你自己了。」

二人抽完一支煙，各自上車走了。

第三章

踏入演藝界

柳枝兒興奮的說道：「東子哥，我當演員了！」

柳枝兒第一次跑龍套的經歷，是一部抗戰劇，她飾演一個送信的村姑。

副導演說柳枝兒身上有天然村姑的「土氣」，演起來自然，所以選中了她。

「導演誇我了，說我演得好，嘿嘿……」

林東看得出來柳枝兒很開心，隨口說了一句玩笑，

「枝兒，你那麼喜歡演戲，哪天我投資一部電影，讓你當主角。」

林東一看時間，已是凌晨兩點，心想楊玲應該早就睡了，於是就開車去了春江花園。到了那兒，他開了門。柳枝兒早已睡了，搬了一天的道具，她疲憊不堪，睡得很沉。

林東坐在床邊上看著柳枝兒熟睡時寧謐靜祥的臉，在她額頭上吻了一下。柳枝兒忽然睜開了眼睛，看到了林東的臉，驚聲問道：「東子哥，真的是你嗎？」

林東笑道：「傻瓜，不是我還能有誰？」

「我剛才做夢夢見你了，後來就感覺到有個人在親我，我一睜眼，果然就看到了你。你怎麼那麼晚才過來啊？」柳枝兒聞到他一身的酒氣，「東子哥，你喝酒啦？我去給你煮個湯醒醒酒。」

說著，就要起身。

林東按住了她，「枝兒，別忙了，我沒醉。你睡吧，我洗洗也就睡了。」

柳枝兒見他來了，興奮得哪睡得著，還是穿起了衣服，去廚房給林東燒了一點湯。林東洗了澡，正好湯也燒好了，喝一碗下去，全身舒服多了。

「吳胖子有沒有再去糾纏你？」林東問道。

柳枝兒道：「自從那次被你打了一頓，我再也沒見過他，應該是不敢再去找我了。」

「那就好，如果他還敢糾纏你，你一定要告訴我，我收拾他。」林東說道。

柳枝兒點了點頭，忽然想起一事，興奮的說道：「東子哥，我當演員了！」

「啥？」林東沒聽清楚。

「我當演員了，不過是個跑龍套的，好在還能露個臉。」

柳枝兒詳細說起了生平第一次跑龍套的經歷，是一部抗戰劇，她在裏面飾演一個送信的村姑。副導演說柳枝兒身上有一種天然的村姑的「土氣」，飾演起來比較自然，所以就選中了她。

「導演誇我了，說我演得好，嘿嘿……」

林東看得出來柳枝兒很開心，隨口說了一句玩笑，「枝兒，你那麼喜歡演戲，哪天我投資一部電影，讓你當主角。」

「真的啊？」柳枝兒當真了，興奮的問道。

林東笑了笑，「我是開玩笑的。」

柳枝兒露出了失望的表情。

第二天一早，柳枝兒仍是一早就出了門。林東起來後，看到了她留在床頭櫃上的字條，說是早飯做好了，放在了鍋裏，讓他醒來後別忘了吃。林東一看時間，已經中午了，心想昨晚為了要餵牌給張聞天和吳自強，多次動用了藍芒，難怪一覺睡到了中午。

他迅速的穿好了衣服，進廚房揭開鍋一看，柳枝兒留給他的一碗炒飯還有點溫度，也不講究，早飯中飯一起吃。解決了午餐問題，林東駕車就往公司去了。他不確定金氏地產和萬和地產是否已經得知了溪州市市政府要建造公租房的消息，不過他要盡自己最快的速度準備好一切。

到了公司，林東把周雲平叫了進來。

周雲平看他的樣子，知道必然是有什麼要緊的事情要他去做，於是就問道：「林總，有什麼事情我可以幫忙的嗎？」

林東說道：「溪州市市政府要建公租房，兩百萬方，承建商還未定下來，就連公租房的消息都還未對外公佈。小周，這個專案我志在必得！我要你馬上為我聯繫最好的設計公司，悄悄的，別走漏了風聲。」

「媽呀，這可是一塊大肥肉啊！」周雲平興奮的說道，搓起了手，「我馬上聯繫，不過我該對設計公司怎麼說？難道要對他們也隱瞞？」

「對設計公司當然不能隱瞞，公租房與商品房不同。現在政府還沒有選好地址，我要你找設計公司，主要是聽聽他們的理念，設計的事情，那也只有等到地址定下來之後才能開始。找一家靠得住的設計公司，必須得保密！」林東一再吩咐要保密，周雲平清楚這可能是他從什麼地方得來的獨家消息，也明白保密的重要性。

「行，我知道了。對了，特別行動小組的成員兩點鐘到這兒。」周雲平說完就出去了。

林東進了裏面的休息室，休息室的隔音效果非常好。他給江小媚打了個電話。

「小媚，說話方便嗎？」

江小媚道：「方便，林總，有事嗎？」

「告訴你個消息，溪州市市政府要搞公租房，兩百萬方，這可是個大工程，暫時承建商還沒定下來。你幫我留心一下金河谷那邊，看看他是否也得到了消息。」

林東說明了打電話給她的目的。

江小媚道：「好的，我明白了。對了林總，如果在我不方便接你電話的時候，如果電話接通之後我叫你舅舅，那麼就說明我那時候不方便接你電話。你知道嗎，我把你的手機號碼名字改為了舅舅。」

林東笑道：「也只有你這個鬼機靈才想得到這個法子。好的，我清楚了。小媚，萬事小心！」

從休息室裏出來，他看了一眼手錶，已經就快到兩點了，坐下來不久，周雲平就進來了。

「老闆，特別行動小組的成員都到了，我已經把他們都請到了會客室裏。」

林東起身往外走去，「好，隨我過去吧。」

林東進了會客室，聽見這七個人正聊得熱火朝天。他們都是野外運動的愛好者，正在交流彼此的一些經驗和經歷。他們之中有徒步穿越撒哈拉大沙漠的，也有獨自一人行走青藏線的，還有划獨木舟在海上漂流一個星期的，和在荒島生存一個月的。

林東走了進來，見他們聊得正開心，什麼話都沒說，坐在旁邊聽了一會兒。他們的經歷都很傳奇，對於林東這個一直嚮往野外生存，但總是沒有行動的人來說，他們的經歷無疑是富有傳奇色彩的，令他不禁聽得入了迷。

過了好一會兒，這些人才發現會客室的角落裏多了一個陌生的人。

「你也是來參加這次特別行動小組的嗎？」其中一個膚色黝黑的短髮女子問道。

林東還沒來得及開口，周雲平搶先說道：「各位，這位就是林總。」

眾人這才明白，紛紛和林東打招呼。

林東笑道：「剛才聽到你們的經歷，我都聽得入了迷，可惜我俗事纏身，若不然也想花幾個月時間去體驗體驗那種生存考驗。」

短髮女子笑道：「林總，野外生存考驗可不是鬧著玩的，隨時會有生命危險的。今年冬天，京城不是就有兩個人在門頭溝被大雪困住，當時山上氣溫零下二十五度，他倆活活被凍死了。」

「看來如果沒有經過訓練，冒然出行，那就是對家人和自己的不負責任啊！」林東歎道，門頭溝凍死兩個人的新聞他也聽說過。

其中一個塊頭壯實年紀約莫三十上下的男子道：「的確是這樣，尤其是在極端地貌和氣候中行走，那的確是拿命在賭博。前年我穿越沙哈拉大沙漠的時候，我在出發之前就立好了遺囑。」

林東訝然，「天吶，看來我的野外生存之旅只能在腦子裏想一想了。」

那大漢笑道：「林總，不僅是我，咱們這七個人，哪個沒有立過遺囑。」

一個乾瘦的中年男子道：「呵呵，我都立了六回遺囑了，有幾次真是命懸一線，好在閻王爺不收我，我都挺過來了。」

短髮女子瞧見林東臉上的表情越來越驚訝，就笑道：「林總，你可能不知道，在我們這個圈子裏，立的遺囑次數越多，就越受人尊敬。」

周雲平道：「老闆，剛才那位大哥就是這次特別行動小組的隊長霍丹君。」

林東看過霍丹君的資料，和霍丹君握了握手，笑道：「各位的資料我都看過了，想必小周之前已經跟你們說過了這次去懷城的任務。行動沒有生命危險，各位就無需立遺囑了。」

眾人哄然大笑。

「懷城是我老家，是個山清水秀的好地方，所以我想在那裏搞一個度假區，讓更多的人認識我的家鄉，也希望家鄉能夠更快更好的發展。各位到了地方之後，我會安排人接待各位。那邊條件不是很好，可能要委屈各位了。」林東說道。

短髮女子名叫龐麗珍，是國內知名的地質學者，她的搭檔就是那個塊頭很大的男人，叫鍾宇楠。二人是在尋找各種地形地貌之中認識的，那次龐麗珍在山裏摔斷了腿，幸好遇到了鍾宇楠，是鍾宇楠背她下山求醫。二人因此互生情愫。不久之後就結為連理。二人有共同的興趣，婚後的蜜月不是去遊玩，還是選擇了探訪美國的大峽谷。

「我們這七個人都可以過原始人的生活，對我們而言早就沒什麼稱得上辛苦了，林總你不用怕我們接受不了。」龐麗珍哈哈笑道，露出一口潔白的牙齒。

特別行動小組中負責設計的也是一對情侶，不過沒有結婚，年紀都在三十五以上。男的叫郭濤，曾經穿越過撒哈拉大沙漠。

林東朝郭濤笑道：「郭濤，我剛才聽到你說穿行了撒哈拉大沙漠？是嗎？」

郭濤笑道：「那還有假。當年我才三十歲，為了尋找設計的靈感，就進行了那次沙漠之旅的冒險。我始終認為大自然是最美麗的，大自然是最成功的設計師，所以我一向提倡在自然中尋找靈感。不過這些年來走了不少地方，也設計了不少作品，只是被認可的不多。」

林東笑道：「我看過你的作品，不走尋常路，很特別，很用心。」

郭濤呵呵笑道：「也有我女朋友的功勞。」

郭濤的女友叫沙雲娟。皮膚跟龐麗珍比起來要白一些，看上去頗為文靜。林東朝她含笑望去，她也只是微微點了點頭。

組中剩下的兩位叫巴平濤和齊偉壯，是同門師兄弟，是兩個優秀的建築師。他們倆的野外經歷與其他五位比起來要遜色得多，主要是他們大部分的時間都要在城市裏監工。

巴平濤和齊偉壯都不到四十歲，巴平濤短髮半寸，帶了個眼鏡。齊偉壯人如其名，身材高壯，塊頭之大和鍾宇楠有得一比。

林東和這七個人接觸了一下，感覺到這些都是可靠的人才，心裏奇怪周雲平這傢伙從哪兒找來的。

林東把霍丹君單獨帶到一旁。霍丹君是團隊的隊長，有些話林東要對他說。

「霍先生，團隊就交給你帶領了，前期我會撥五十萬的資金給你，由你負責運用這筆錢。到了懷城之後，我的一個朋友邱維佳會去接你們，然後安頓你們在大廟子鎮住下。如果有什麼需要，儘管跟邱維佳提，他會儘量滿足你們。咱們團隊的成員個個都很出色，需要一個好的領導來將他們的力量團結到一起。霍先生，一切就拜託給你了。」

林東朝他微微鞠了一躬。

霍丹君連忙扶住了他，「林總，無需如此，我霍丹君既然拿了你的錢，自然會盡心盡力替你做事，請您放心。說實話，我很佩服你。我也是農村出來的，可惜我沒有你那麼大的本事可以回報家鄉，但我也有一顆回報家鄉的赤子之心。你有能力，肯出力，就衝你這一點，我都會不遺餘力的做好這件事。」

「你們打算什麼時候出發？」林東笑問道。

霍丹君道：「明天一早就出發。」

「那好，今晚上我在食為天安排一桌酒席，如果我有時間，我會親自過去。」林東道。

二人回到會客室裏，林東吩咐周雲平，讓他去食為天訂一桌酒席，晚上好為特別行動小組送行，並要求周雲平必須到場。

送走特備行動小組的七人之後，林東就離開了公司。

他中午收到左永貴和陳美玉的簡訊，二人約在萬豪大酒店談合作的事情，雙方都要求他參與。

林東開車回了蘇城，還不到五點，於是就先回了一趟公司。在辦公室坐了一會兒，管蒼生出來上廁所看到他辦公室的門開著，於是就走了進來。

「林總，我的那幫兄弟有幾個最近幾天就能到這邊。他們到了之後住在哪裏呢？」

林東道：「哦，這事我倒是忘了。」拎起電話，把穆倩紅叫了進來，「倩紅，你手頭上的工作交接得怎麼樣了？」

穆倩紅道：「差不多完事了。」

「管先生的朋友們就快到蘇城來了，你交代一下下屬，提前把房子租好，最好租一個社區的。」林東笑道。

穆倩紅點點頭，「好，我現在就去辦。」

管蒼生笑了笑，「那沒事了，我走了。」

過了不久，林東就離開了公司，他開車到了萬豪酒店，陳美玉和左永貴都還沒到。他就在一樓的大堂裏坐著，等到了六點鐘，左永貴先到了。

「林老弟，上次的事情真的不好意思，今晚我自罰幾杯就當向你賠罪。」左永貴哪壺不開提哪壺，讓林東很反感。

「左老闆，咱不是說好了不提那事的嗎！」林東道。

左永貴抽了自己一個巴掌，「瞧我這臭嘴，沒遮沒攔的，該打。」他有事要求林東幫忙，所以顯得十分的殷勤。

「林老弟，來，抽煙。」左永貴給他遞上一支香煙，忙給林東點上。

「陳美玉還是不肯鬆口，她一分錢不出就想占我一半的股份。林老弟，我知道她比較能聽得進你的話，所以待會她來了之後，還請你幫忙說說話。」

林東吸了一口煙，他早料到左永貴會跟他說這個，說道：「其實我本來不想蹚你倆之間的渾水的，不過既然你們雙方都把我當成朋友，我也不好推脫。但是這話我真的不好說，都是朋友，幫了你就幫不了她。左老闆，我看還是你們開誠佈公的好好談。」

左永貴歎了口氣，「唉，我是個沒本事的人，哪能談得過陳美玉啊。」

林東抬頭朝左永貴看了一眼，有些日子沒見，左永貴看上去老了不少，看來這些日子活得並不怎麼舒服，心想要他應付陳美玉那樣一個精明強幹的女人，也真是為難了他。

「之後你和她有過接觸嗎？」林東問道。

左永貴道：「有，兩三次吧，每次都是我找她的。那個女人心太黑，從來都是死咬一口不鬆口，從不讓步。」

「左老闆，你現在的生意怎麼樣？」林東又問道。

「越來越差，入不敷出，再這樣下去，沒幾個月我就得關店了。」左永貴唉聲歎氣的說道。

林東道：「不是我站在陳總那邊，我是這麼覺得的，既然你的生意不賺錢，倒不如答應她的要求，這樣你也省心，吃喝玩樂，等著收錢就行了。」

「可……我不甘心啊！」左永貴說出了實話，栽在曾經屬於他的女人手上，他實在是難以咽下這口氣。

「不甘心？做生意不是鬥氣啊，如果你死撐著，等到店門都關了門，是不是會開心？我敢保證，那時候你會比現在難過百倍！」林東大聲說道。

左永貴低下了頭，恨恨道：「這女人怎麼還不來，約好六點鐘的，這都快六點半了。」

「呵呵，稍安勿躁。」林東話音剛落，就瞧見了盈盈走來的陳美玉，她的每一次出現，都能帶給他驚豔的感覺，不過林東卻來不及欣賞她的美麗，因為這個女人美麗的外表下，是可以置人於死地的毒辣。

「她來了。」林東低聲說了一句，左永貴抬起了頭，眼中憤怒的火光迸射出來。

「二位來得好早。」

陳美玉到了近前，臉上掛著若有若無的笑意。

左永貴板著臉，揶揄道：「陳總，不是我們來得早，是你來得太晚了。哼，好大的架子喲！」

陳美玉瞧也沒瞧他一眼，看著林東說道：「林總，臨行前出了點事，所以來晚了一些。」

林東微微一笑：「既然都到齊了，那咱們就去包廂吧。」

左永貴站了起來，走在了最前面，一聲不響的進了電梯。

陳美玉和左永貴之間的氣氛劍拔弩張，冷若寒霜。兩邊都是朋友，林東只覺夾在中間十分的不舒服，也不知這兩人待會會談出什麼結果來。最好的情況就是左永貴能全盤接受陳美玉開出的條件。林東清楚陳美玉的性格，遇到左永貴這種根本不是同一等級的對手，絕對不會心軟，期待她讓步，那幾乎是不可能的。左永貴在她的眼裏，那就是碟子裏一盤煮熟的菜，遲早都是要被她吃掉的！

三人進了包廂，左永貴對女侍說了幾句，那女侍就下去了，很快酒店的服務員魚貫而入，圓桌上擺滿了酒杯及各式菜肴。

林東清楚今天他今天應該扮演的角色，要成為陳美玉與左永貴之間聯繫交流的紐帶，當下端起酒杯說道：「左老闆、陳總，咱們先喝一杯。」

左永貴和陳美玉都給他面子，端起酒杯喝了一杯。

林東說道：「今天咱們在這裏相聚，是奔著一個目的來的，就是合作共贏。大家都是熟人，我想就不必拐彎抹角了，說說各自的想法吧。」

陳美玉搶先說道：「我還是上次的說法，不出錢，以管理入股，要占一半的股份。」

左永貴臉上的肌肉抽搐了幾下，顯然心中怒極，陳美玉這個娘們，簡直就是在趁火打劫，氣得他話都說不出來了。

「左老闆，你的想法呢？」林東見左永貴遲遲不開口，於是便出聲問道。

左永貴悶頭乾了一杯酒，喝得太急，嗆得臉都紅了，「我覺得陳總的要求似乎有點過分。我名下有兩家夜總會，五家酒吧，還有三家歌城和七家遊戲室，光固定資產至少有七個億，陳總要占一半的股份，未免有點太貪心了吧。」

包廂裏的氣氛立時降到了冰點，雙方都有互不退讓的感覺。

林東換位思考。如果他是左永貴，想必也不會答應陳美玉的要求，朝陳美玉望去，意思是在說可不可以再商量商量。

陳美玉開口說道：「我覺得左老闆是有點誤會了，我說的占股，並不是要占他的固定資產的股份，而是年終的分紅，我要與他分一樣的錢。店還是他的，我只負責管理。當然，在我管理的過程之中，我要擁有絕對的話語權，左老闆最好不要干涉！」

「啊？原來是這個意思啊。」左永貴長長的出了口氣，臉上緊繃的表情也放鬆了下來，浮現出了笑容。

「如果是這個樣子的話，我看可以合作。」

緊張的氣氛緩和了下來，林東心知接下來就要好談多了。

陳美玉道：「左老闆，有一點我可事先說清楚。以後店裏如果要更新設備或是重新裝修，那些錢我不會出一分，都得你來。可有問題？」

左永貴笑道：「這個我也答應你。」

「行了，沒問題了。」

陳美玉白撿了個大便宜。左永貴旗下的娛樂場所很多，由她經營，每年至少有幾個億的收入，雖然只能分到一半，那也是一筆非常可觀的數字，而且幾乎是沒有成本的。

林東沒想到事情那麼快就談成了，笑道：「恭喜二位，祝二位合作愉快！」

林東端起酒杯，三人碰了一杯。

左永貴是個話多的人，此刻事情圓滿解決，就開始滔滔不絕的說了起來。

陳美玉喝了幾杯酒之後就起身告辭了，笑道：「二位，不好意思，我還有一個飯局，咱們下次再聚，下次我做東。」

左永貴有些不悅，陳美玉擺明了是不想跟他同桌吃飯，他喜怒形於色，陳美玉走的時候，連句話都沒說。

林東將陳美玉送到門外，一直陪她走到電梯口。

「林總，我知道必是你給左永貴出的主意，以他的腦袋，還想不出請我回去管理的主意。你這其實是幫了我，我是有心想要擴大生意，多開幾家店，但我的家底哪有左永貴富了三代的人厚實，所以資金對我來說一直是個問題。左永貴請我回去管理他的生意，我一分錢不出，還能分到一半的利潤，怎麼算都是賺大了。謝謝你！」陳美玉真誠的向林東道謝。

林東微微笑道：「陳總，你這就說錯了，其實我是幫了你們兩個。左老闆的生意每日愈下，自你走後一直在賠錢，你回去，自然能助他扭虧為盈。其實這是雙贏的事情，我又何樂而不為呢？你們都是我的朋友啊！」

「很想與你再去坐一次遊船，欣賞姑蘇的夜景。」陳美玉美目之中閃爍著希冀的光芒，「那天晚上的經歷，我終生難忘。」

林東抬頭一笑，「陳總，電梯到了。」

陳美玉抬腳跨進了電梯裏，知道林東是有意避開她方才的話題，臉上的表情略微有些失望。

看著陳美玉的電梯下去之後，林東回到了包房裏。

「老弟，快過來，那娘們走了正好，咱們可以痛痛快快的喝酒。」左永貴哈哈笑道。

林東應付了左永貴一會兒，兩人喝了一瓶酒，左永貴還要再開，被他攔住了。

「左老闆，我最近胃不是很舒服，酒不能多喝。咱倆的關係，沒必要往死裏灌對方，我看咱今晚就喝到這裏吧。」林東說道。

左永貴嚮往的是醉生夢死的生活，聽了林東這麼說，顯然有些失望，以為林東真的是胃不舒服，說道：「兄弟，我認識個老中醫，經常去他那裏調理身體。咱今晚早些結束，我帶你去瞧瞧，保證藥到病除。」

左永貴感激林東幫了他這麼個大忙，所以很想報答林東。林東深知左永貴有太多的毛病，不過他清楚左永貴是個對朋友十分真誠的人，瑕不掩瑜，所以願意與左永貴這樣的人交朋友。若是他有事，他想左永貴也一定肯幫忙。

「我就是一點小問題，不必要去看大夫的。」林東婉言拒絕。

左永貴熱心異常，態度堅決的說道：「林老弟，小毛病不治容易變成大毛病，那可了不得。不管怎麼說，待會跟我去一趟。如果沒問題，就讓那老中醫給你做點針灸，保管你全身通透。」

盛情難卻，林東只好從了他。

第四章

邪氣入侵的背後原因

吳長青將手指搭在林東的脈搏上，過了一會兒，說道：

「你的脈象之中有一股邪氣在入侵你的身體，吸取你身體的精氣。老朽冒昧的問一句，是否貪戀床笫之歡？」

林東搖搖頭，「吳老，我那方面還算是不過度。」

「哦，最近是否易怒，脾氣暴躁？」吳長青又問道。

林東猶豫了一下，「的確如您所說，發脾氣的機率比以前大多了。」

左永貴開車在前面帶路，林東開車跟在後面。

據他所說，那個老中醫住在進士巷，屬於蘇城老城區那一塊了。進士巷的建築頗有古風，白牆青瓦，是最能代表蘇城特色的。巷子狹窄，不能容車通過，二人就在巷子外面停好了車。

林東問道：「左老闆，那麼晚了，咱們還來打擾大夫，會不會失禮啊？你看我就空兩手來了，連個禮物都沒準備。」

左永貴笑道：「放心吧，這大夫與我家是故交，我叫他叔叔，一般人若是想找他看病，那半年前就得排隊，不過我不是外人，只要是我帶來的人，他不會說半句話的。」

二人邁步走進了進士巷，巷子裏燈光昏暗，四周靜悄悄的。

左永貴說道：「這條巷子裏多數都是知書達理的人家，家教十分嚴格，到了晚上，一般都是閉門在家讀書，很少有到外面走動的。據說這裏隔幾年就會出來個蘇城的高考狀元。」

「果真如此，看來這裏必然是占了文脈啊。」林東笑歎道。

二人往前走了不遠，左永貴就在一個人家的門前停了下來，抬起手扣了扣門環。

過了一會兒，就聽有人站在院子裏喊道：「誰啊？」

左永貴扯起嗓子叫道：「老叔，是我，阿貴啊。」

林東聽到了腳步聲，門閂一響，木門就開了。

一個白髮老者瞧了林東一眼，知道是左永貴帶來的朋友，不冷不熱的說道：「進來吧。」

左永貴大搖大擺的走進了院裏，把這裏完全當成了自己家，林東跟在他後面。

小院裏養了不少花草，香氣清新淡雅，聞著便可令人心曠神怡，有點飄飄然的虛幻之感。林東心中暗道，這老先生必是個不簡單的人物。

「瞧見這院裏的花草沒，我老叔說了，住在他這小院裏，每天聞著這花香，至少可以多活十年。」左永貴得意非凡，如數家珍，就像這裏的一切就是他家似的。

走在前面的老者不時蹙眉，也懶得去說左永貴，因為他知道這個侄兒根本就是說不通的。

把二人帶進了房裏，老先生指著桌上的茶壺，說道：「阿貴，給客人斟茶。」

「哎。」左永貴應了一聲，請林東在長椅上坐了下來，倒了杯香茗給林東，「林老弟，嘗一嘗，這可是我老叔親自配製的藥茶，凝神靜氣去火化痰。」轉而朝老者笑道：「老叔，我說得對吧？」

「你懂個屁，一邊玩去。」老者喝道。

林東起身恭敬的鞠了一躬，「老先生，小輩林東，今天冒然來訪，多有冒犯，打擾了。請問先生如何稱呼？」

老者覺得林東彬彬有禮，臉上露出了一點笑意，說道：「我姓吳。」

「原來是吳老。」林東笑道。

左永貴道：「老叔，我這兄弟腸胃有些不舒服。兄弟幫了我大忙，老叔你受累，幫我兄弟好好診斷診斷。」

吳老雖已年過古稀，不過一雙眼睛卻是十分明亮，目光比年輕人還銳利，打眼從林東臉上一掃，笑道：「阿貴，你還是擔心一下你自個兒吧，你這朋友的身體不知道要比你好多少倍。我早就說過了，色字頭上一把刀，要你戒色，你非不聽，瞧你兩眼無神，面色灰暗，髮絲枯黃，走路時腳步輕浮，一看就是不知節欲。我跟你說啊，你這是典型的腎水不足，最近是不是覺得畏寒？」

男人最怕被人說腎不好，左永貴的臉色變得很難為情。「老叔，你就不能別當著我朋友的面說我嗎？」

吳老直搖頭，「每次來都是讓我給你開藥，豈不知藥永遠只能起到輔助的作用，要想身體好，還得靠自己。阿貴，你身體底子本來不差，但也經不起你這般折騰，如果不聽話，等你六十歲以後，百病纏身，到時候你就悔不當初了！」

左永貴早已習慣了吳老的數落，嘿嘿笑道：「老叔，你別說我了，幫我這朋友號號脈，看看他需不需要調理。」

「我說了，你朋友的身體健康得很，沒必要來找我。」吳老道。

左永貴把林東帶到了這裏，覺得如果不能讓吳老給林東診斷診斷就十分的沒面子，厚著臉皮央求道：「老叔，我朋友來都來了，你就看看嘛，又花不了你多少工夫的。」

林東已大概猜出了這吳老的身分，應該是譽滿蘇城的吳門中醫館坐館吳長青。這吳長青時代行醫。據說從明朝朱洪武開始，他家就在京城裏給皇室做御醫，傳承好幾百年，家學淵源。關於吳長青醫治疑難雜症的軼事，幾乎整個蘇城的人都能說上幾件，醫館內更是掛滿了「在世華佗」的錦旗。

吳長青架不住左永貴的再三請求，伸出手請林東坐下，坐在林東對面，「老朽賣個老，就叫你小林吧。小林，你把手伸出來。」

林東伸出了手，吳長青伸出兩根手指頭，往林東手腕處的脈搏上一搭，開始診斷起來。只見他微閉著眼睛，左手捋著下巴上的兩綹白鬚，氣息平和，神態安詳。

左永貴瞧著吳長青的模樣，笑道：「老叔，你不去演電影真是可惜了，還怪有模有樣的呢。」

吳長青忽地張開眼睛，目中神光綻放，瞪的左永貴馬上就閉了嘴。

過了一會兒，吳長青收回手，問道：「小林啊，你平時注重養身嗎？」

林東不知他何意，如實答道：「不瞞吳老，我應酬太多，每天都離不開煙酒，何來養身之說。」

「那就奇怪了。」吳長青沉吟道：「現代的都市人大多生活節奏快，壓力大，且生活在一個污染嚴重的環境之中，加上飲用的水和吃進肚裏的飯菜都不天然，所以體內難免毒素堆積，即便是體魄健康之人，身體之中也多多少少藏著些隱患。而你不同，我為你號脈，感覺到你脈象平和有力，再觀你膚色，紅潤有光澤，感覺不到你體內有被毒素侵擾的跡象。」

林東知道這必是懷裏玉片的功效，笑道：「吳老，可能是我平時喜好運動吧。」

吳長青搖搖頭，「不是不是，我們生活在這樣一個環境裏，體內的毒素日積月累，是怎麼也排泄不清的。即便是我這樣很注重養身的人，也很難達到身體純淨的狀態。你既然不養身，那當真是奇怪啊。」

吳長青又將手指搭在林東的脈搏上，過了一會兒，說道：「剛才我在你的脈象之中隱隱感覺到有一股邪氣在入侵你的身體，吸取你身體的精氣。老朽冒昧的問一句，是否貪戀床笫之歡？」

林東搖搖頭，「吳老，我那方面還算是不過度。」

「哦，最近是否易怒，脾氣暴躁？」吳長青又問道。

林東猶豫了一下，點點頭，「的確如您所說，發脾氣的機率比以前大多了。」

「那就是邪氣入侵了。」吳長青道。

林東急問道：「吳老，那如何才能驅除這股邪氣？」

吳長青笑道：「不打緊，你身體純淨，體魄強健，應該可以不藥而癒。過些日子你去醫館找我，或是晚上來家裏找我，我再幫你瞧一瞧。如果邪氣還未排出體外，到時我再為你配藥也不遲。」

吳長青並不知道世上還有魔瞳的存在，魔瞳無法從外界吸取足夠的天地靈氣，所以就會從林東的軀體之內吸取精氣，導致他嗜睡。隨著魔瞳的壯大，林東的心智也受它影響不小，致使他易怒暴躁。

吳長青醫術高明，不過他卻想不到林東眼睛裏的藍芒才是他體內邪氣的根源，畢竟眼睛裏長東西，對他而言是超自然的事情。

「老叔，給我兄弟針個灸吧，讓他舒服舒服。」左永貴笑道。

吳長青喝道：「你懂什麼！針灸是以外力來刺激人體穴位，以此來激發人體潛力，屬於透支人體精力。小林他身體健壯，無病無災，搞那玩意幹什麼？」

左永貴挨了一頓罵，嘿嘿笑道：「老叔，那沒事咱就走了啊。」

吳長青道：「走吧走吧。」

林東起身笑道：「吳老，多謝你，改日林東再登門拜謝！」

吳長青將他二人送至門外，就拴了門。

二人走在進士巷裏，左永貴略帶歉意的說道：「林老弟，不好意思啊，我老叔啥都沒幫你做。」

林東已經領教到了吳長青精湛的醫術，笑道：「吳老是高人，我能認識他已屬榮幸。左老闆，我還得多謝你呢。」想起吳長青方才所說的話，他體內的一股邪氣到底是怎麼回事呢？林東隱隱覺得與他眼裏的藍芒有關。

萬事萬物都有正反兩面，林東心中感歎，這藍芒帶給他諸多妙用，終於開始顯現出它不好的一面來了。而他卻發現自己無能為力，只希望能如吳長青所說，這股邪氣能夠不藥而散。

二人說著就走到了巷子出口處，分別在即，林東說道：「左老闆，你是我朋友，林東有句不該說的話，自古縱欲者多早夭，前事可鑒，你也得注意身體啊！若是身體垮了，活在這大好世界上就只剩痛苦了。」

左永貴何嘗不知其中道理，一直有戒色的想法，只是他身邊的鶯鶯燕燕太多，加上定力太差，如何經得住誘惑。近年來，隨著年歲漸長，身體狀況大不如前，應付起眾多美色來越來越感到乏力，所以已開始使用藥物輔助。

「林老弟，我知道了。很晚了，回去吧。」

二人在巷子口分開了，各自開車回家去了。

林東開車回到家，時間不早，洗漱之後就睡了。一覺醒來，又已經是中午了。

「媽呀，不能老這樣睡不飽啊！」林東心中歎道，可他實在是沒有法子。

醒來之後，他仍覺得想睡，只好強行打起精神，用冷水洗了一把臉。

拿起手機一看，周雲平給他發了一條簡訊，說特別行動小組已經趕赴了懷城。

林東立馬給邱維佳打了個電話。

邱維佳接到林東的電話，以為他打電話來是想問超市的事情的。

「林東，怎麼，有事啊？」

林東道：「維佳，我組了一個小隊，是去咱鎮上考察度假村的選址的，早上出發過去的，估摸著差不多一輛小時後就到縣城的汽車站了，你幫我個忙，把他們接到鎮子上，安排他們入住。」

邱維佳道：「好，沒問題，多少人？我弄輛車過去。」

「七個。」林東答道。

邱維佳道：「好傢伙，看來我得弄輛大點的車了。接到他們之後，我安排他們住鎮裏的招待所，那兒是咱鎮上條件最好的地方了，縣裏來人都住那裏的，行嗎？」

林東道：「行，他們可能要在那裏常住，就多麻煩你了。」

邱維佳笑道：「你還跟我講究這個，啥時候回來？想和你喝酒了。」

林東笑道：「雙妖河上造橋的時候我可能回去，但還不確定，超市你搞得怎麼樣了？」

「再有兩月估計就能開張了，到時你無論如何得回來一趟。」邱維佳道。

「行，你難得開一次口，到時我肯定回去。」林東笑道。

掛了電話，他把霍丹君的手機號碼發到了邱維佳的手機上。

邱維佳在大廟子鎮認識許多人，也不知從哪兒弄來一輛三排座的麵包車，開著直奔縣城汽車站去了。一個小時之後，他就到了縣城汽車站，才想起來忘了搞一塊牌子，不然那群人怎麼才能找到他呢。

汽車站旁邊是個小超市，邱維佳進去買了一隻記號筆，問超市老闆要了一塊硬紙板，掏出手機，看了看林東給他發來的資訊，上面有霍丹君的名字和手機號，於是他就在硬紙板上寫了「接霍丹君」這四個字。

搞好牌子之後，邱維佳立馬就跑到了出站口，舉起了牌子開始耐心的等待。

三月的懷城縣，依舊是冷風刺骨。從溪州市坐長途大巴到這兒，要將近九個小時。霍丹君一行人早上七點就出發了，下午將近四點才下車。懷城縣的汽車站破破爛爛，在殘陽的餘暉下，有點破舊之美。

特別行動小組這七人出現在懷城縣，立馬就引來了車站裏不少人的圍觀。他們一個個穿著衝鋒衣，頭戴鴨舌帽，背上背了個大大的背包，裏面鼓鼓囊囊，小縣城裏的居民見識淺薄，瞧見這麼一群人，已經開始議論紛紛起來。

邱維佳在冷風裏站了一個多小時，凍得直哆嗦，腳下堆了一地的煙頭。正當他準備再抽一根煙出來抽抽取暖的時候，瞧見了一群衣著特別的人正朝出站口走來。立馬就把手裏的牌子舉得高高的。他想這群人多半是林東所說的特別行動小組的人。

霍丹君等人也在找來接他們的人，龐麗珍眼尖，瞧見了邱維佳高高舉起的牌子，說道：「霍隊，瞧那！」

霍丹君順著龐麗珍手指的方向，看到了牌子上「接霍丹君」四個字，笑道：「隊友們，找到接咱們的人了。」

一行人走到邱維佳的面前，邱維佳問道：「你好，我受林東所托，過來接什麼特別行動小組，請問是你們嗎？」

霍丹君伸出手，「你好，我就是霍丹君，他們都是我的隊友。請問您是？」

邱維佳笑道：「我叫邱維佳，和林東是多年的同學，從穿開襠褲的時候就認識了，他讓我來接你們。天很冷，各位隨我上車吧。」

邱維佳走在前頭，把霍丹君一行人帶到停麵包車的地方，笑道：「不好意思，小地方，找不來好車子，委屈各位了。」

霍丹君笑道：「有車子就不錯了，邱兄弟可能不瞭解咱們這夥人，我們啊，主要的交通工具就是兩條腿。」

上車之後，霍丹君坐在副駕駛座上，其他六人坐在後兩排。

邱維佳發動了車子，笑道：「各位以後就叫我小邱好了。林東和我說過了，你們在懷城縣有什麼事情儘管來找我，千萬別跟我客氣哦，否則林東回來可是要罵我的。」

霍丹君一行人哈哈笑了笑，邱維佳為人靈活，話又多，一路上開始為眾人介紹起懷城縣來，很快就博得了眾人的好感。

快到大廟子鎮的時候，邱維佳說道：「各位，咱們鎮上最好的地方就是招待所了，我已經安排好了，你們以後就住那裏。今晚是到我家做客，可一定要給我面子喲。」

一路上眾人和邱維佳有說有笑，已熟絡了起來。

龐麗珍笑道：「小邱，你們這兒有什麼土菜不？晚上我們就要吃你們懷城道地的土菜。」

邱維佳笑道：「這太簡單了，咱懷城人經常吃的就是咱懷城的土菜，晚上讓你們好好嘗嘗我家婆娘的手藝。」

說話間就到了大廟子鎮，鎮招待所在鎮政府的斜對面，是三層的小樓，因為經常要招待縣裏來的人，所以招待所還算乾淨，比起鎮上的幾家旅社來，算是不錯的了。

邱維佳把車停在招待所門前，老闆朱大志是他的朋友。

「老朱，有七間房嗎？」邱維佳進去就問道。

朱大志面露難色，「喲，不好意思，維佳，我只能給你五間房，明天縣裏要來人，剛才趙秘書打過電話定了兩間。」

邱維佳正不知怎麼跟霍丹君等人說的時候，就聽霍丹君說道：「小邱，五間足夠了。咱們這團隊裏有兩對，他們四個人兩間房就可以了。剩下的巴平濤和齊偉壯都是大老爺們，兩個人住一間，再給我一間就夠了。總共四間！」

邱維佳笑道：「原來是這樣啊，唉呀媽呀，急得我都出汗了，這下好了，問題解決了。」扭頭對朱大志道：「老朱，四間，趕緊的。」

朱大志把房間的鑰匙拿給了邱維佳，「維佳，你自個兒帶著你的朋友們上去吧，四間房是挨在一起的。」

邱維佳帶著霍丹君等人踏上了樓梯，房間在三樓。

到了樓上，邱維佳把鑰匙給了霍丹君，笑道：「你是隊長，你來分吧。」

霍丹君點點頭，把其他幾人召集過來，說道：「最靠近樓梯的這間我要了，其他剩下的你們各自挑吧。」

「霍隊旁邊的這間留給我和老齊。」巴平濤說道。

剩下的四個人都是成雙成對的，分別要了最裏面的兩間。

霍丹君把鑰匙分了下了去，說道：「大家去把行李放下吧。」

邱維佳道：「各位先休息休息，我回家去了，等到飯好了我過來叫各位。」

邱維佳走到招待所外面，就給林東打了電話，說是已經接到了人。

林東確認霍丹君等人到了大廟子鎮之後，馬上給顧小雨打了個電話，告訴她已經派人過去實地考察了。顧小雨聞言大喜，說嚴慶楠這陣子老念叨這事。林東心知嚴慶楠是害怕這事黃了，對顧小雨說，看來嚴慶楠還是不大瞭解他。

顧小雨笑了笑，掛斷了電話。

林東給周雲平打了個電話，問道：「小周，設計公司找好了沒？」

周雲平今天一天都在忙這個事情，說道：「找好了，我定了兩家。要不要明天先叫過來聊一聊？」

「行，你替我約好時間，是要好好聽一聽他們的想法。」林東說道。

周雲平道：「那我辦事去了。」說完就掛了電話。

處理完這些事情，林東本想開車回溪州市去的，哪知剛出門就收到了高倩的電話。她在電話裏說再過一個小時就到蘇城站了，要林東過去接她。林東只好放棄了回溪州市的想法，開車立馬朝蘇城站趕去。

話說邱維佳回到家裏，就把他老婆丁曉娟從房裏叫了出來。

「小娟，快別看電視了，家裏來客人了。」

丁曉娟跑到院子裏，誰也沒瞧見，問道：「維佳，客人在哪兒呢？」

邱維佳道：「是林東派來的，到咱們大廟子鎮實地考察來的，現在在鎮上的招待所裏，我說晚上請他們到家裏來吃飯的。時間不早了，你趕緊把晚上招待客人的菜張羅起來，做點好菜啊，可不能怠慢了人家。」

「多少人？」丁曉娟問道。

「七個。」邱維佳答道。

丁曉娟點點頭，「好的，我知道了，放心吧。」說完，就進廚房開始忙活起來。

邱維佳道：「家裏沒啥好酒了，我去買點，有啥需要帶的不？」

「醬油沒了，你打一瓶回來。」丁曉娟在廚房裏說道。

邱維佳進了廚房，拎著醬油瓶子往鎮上的小店裏去了。

眾人放好行李之後，都集中到了霍丹君的房裏。

龐麗珍開口說道：「霍隊，大夥兒想在鎮子上逛逛，你去不去？」

霍丹君笑道：「你們是不是已經都商量好了？」

眾人點了點頭。

「那還來問我幹啥，咱們現在就走唄。」說完，霍丹君從包裏取出了相機，就和眾人離開了房間。

到了樓下，見到了朱大志，霍丹君走過去說道：「老闆，如果小邱過來找我們，勞煩你告訴他，就說我們出去四處逛逛去了，不走遠，就在鎮子上。」

朱大志笑道：「好，幾位放心出去玩吧。」

霍丹君帶著隊員們離開了招待所，大廟子鎮街道上行人寂寥，北風呼嘯吹過，割得人皮膚生疼。

此刻，大廟子鎮天邊懸著一個巨大的火紅太陽，四周彤雲萬里，紅霞萬丈，殘陽如血，落日的餘暉灑在小鎮上，頗有一種淒美的色調。

小隊裏的沙雲娟挽著男友郭濤的胳膊，呢喃自語：「好美的落日啊！」

眾人摘下隨身攜帶的相機，裝上鏡頭，捕捉落日這短暫的美麗。

「難怪林總要在這裏搞度假村，的確是個好地方嘛，很美不是嗎？」齊偉壯哈哈笑道，眾人雖然是第一次來到大廟子鎮，卻都被眼前的這副美景感染了，對這裏不禁心生好感。

「小郭、小沙，你倆站一起，我來給你們拍張合照。」霍丹君笑說道。

「好啊，多謝霍隊。」

郭濤和沙雲娟二人親昵的站在一起，霍丹君輕輕按下快門，將這一刻記錄了下來。

「這鎮子不錯，咱們往前逛逛去。」鍾宇楠笑道。

眾人抬起腳步，繼續往前走去。

大廟子鎮前些年的時候還都是瓦房，這兩年不少人在外打工賺了錢，鄉下也有人家蓋起了樓房。鎮上的住戶多數都會做點生意，有的開超市，有的開飯店，也有的賣衣服鞋子，所以家庭都算殷實，這兩年來鎮上大多數人家都蓋起了兩層的小樓。不過這裏的小樓與南方城鎮上設計優美的小樓比起來顯得要粗獷很多，看不出什麼美感。但若是誰家起了樓房，在大廟子鎮人民的眼中，這就代表這家日子過得不賴。

大廟子鎮分為前街和後街，兩條街上都是瓦房與樓房夾雜交錯。不過破舊低矮的瓦房已經成為鎮上難得一見的風景，正在以極快的速度銳減。

眾人邊走邊討論著，從一個地方的建築，可以得到很多資訊。特別行動小組的成員個個都有非常豐厚的閱歷，瞧見代表著大廟子鎮經濟中心的街上是這樣子的建築，都能估摸得出這個鎮子的貧窮。

眾人一路上沒怎麼說話，拿著相機，捕捉各自認為的美景。走到前街的盡頭，就轉彎進了後街。

前街是大廟子鎮鎮政府的所在之地，是當之無愧的大廟子鎮經濟、政治中心，雖然只有一街之隔，但後街的經濟情況顯然就沒有前街好。後街也有不少人家開店，不過因為人流量偏少，所以這裏的生意普遍沒有前街好。

「對了，這鎮子叫啥名字來著？」霍丹君問道。

郭濤道：「霍隊，好像叫大廟子鎮。」

「對，就是這名字。」霍丹君肯定的道，「那麼為什麼會叫這個名字呢？難不成鎮上有座廟？」

眾人都沒想到從鎮子的名字去探究，聽了霍丹君那麼一說，都來了興趣。

巴平濤道：「根據我的經歷來看，在這種貧困的小鎮上，如果有廟宇佛寺之類的建築，那必然都是有些年代的。如果這鎮子真有大廟，或許就是一座古廟，兄弟姐妹們，咱們可能會有奇遇哦！」

霍丹君點點頭，「老巴說的有道理，咱們往前走走看，遇上了人咱就問問。」

語罷，眾人心中帶著期待，繼續往前走去。

此刻，日頭已完全落了下去。大廟子鎮上了黑影，街道上的行人就更少了。

眾人往前走了一截，連個人都沒碰到。正當他們想找戶人家問問的時候，邱維佳騎著摩托車過來了。

丁曉娟已經差不多準備好了晚飯，邱維佳就出門去請特別行動小組的人過來，到了鎮招待所，朱大志告訴他那群人出去了，說就在鎮上逛逛。

邱維佳心想就兩條街，應該不難找，於是就騎上摩托車找去了，前街沒有，心想應該在後街。果然在後街找到了霍丹君一行人。

「霍隊長，哎呀，總算找到你們了。家裏的飯菜都做好了，跟我過去吧。」

霍丹君一看時間，原來已經差不多六點鐘了，難怪小鎮上已經完全暗了下來。

「各位，小邱來請咱了，咱們跟他過去吧。」

眾人收好了手裏的設備，跟在邱維佳身後，往他家去了。邱維佳家住在前街，帶著眾人繞了一圈，回到了前街。霍丹君心想第一次去邱維佳家裏，不能空著手去，就對龐麗珍和沙雲娟說道。

「小龐、小沙，你們上去把咱們帶的東西拿點下來，就當做是去人家家裏的禮物吧。」

走到招待所門前，霍丹君讓邱維佳停下來，「小邱，停下來等會兒，小龐和小沙上去有點事。」

「好。」邱維佳把摩托車支在招待所的門前，從懷裏掏出香煙，「各位，抽煙嗎？」

一群男人沒有不抽煙的，邱維佳就挨個散了一圈，笑道：「這是咱當地的煙，六塊錢一包，各位將就著點。」

好在霍丹君這群人並不講究，對於邱維佳這個熱情的本地人，都十分有好感。在大廟子鎮，能抽得起六塊錢一包煙的人並不多，邱維佳就是其中一個。六塊錢對大廟子鎮的居民來說，足夠四口的一家人一天的菜錢的了。

幾人在外面等了一會兒，龐麗珍和沙雲娟就從招待所裏走了出來。見到二人出來，霍丹君一揮手：「來了，咱們走吧。」

邱維佳推著摩托車走在前頭，眾人跟著他朝前走，十來分鐘就到了他家門口。丁曉娟站在門外，瞧見這麼一群人走了過來，知道這都是從城裏來的有本事有學問的人，頓時有些不知所措，雙手摳著圍裙，緊張的都不知道說什麼是好了。

「小娟，還不請客人到家裏坐！」邱維佳對她喊了一句。

丁曉娟這才知道該怎麼做，站在門口道：「你們好……請屋裏坐吧。」

霍丹君帶著一群人進了屋裏，邱維佳把摩托車支在院子裏，迅速的跑回了屋裏。

「各位別見怪，內人沒見過啥世面，其實也是個非常熱心的人。」

龐麗珍和沙雲娟把手裏拎的袋子送到丁曉娟手裏，二人看得出丁曉娟的年紀要比她們小，就親切的稱她為「妹子」。

「妹子，初次登門，這是咱們一夥人的心意。」

丁曉娟不知所措，朝邱維佳看去：「維佳，這……怎麼辦啊？」

邱維佳走了過來，笑道：「哎呀，你們來就來了，幹嘛還帶東西呢？」

「初次登門，這是禮數，下次在你小邱家做客，我們就不會帶東西過來了，請收下吧。」沙雲娟笑道。

邱維佳道：「既然這樣，小娟，那你就收下吧。」

丁曉娟從沙雲娟和龐麗珍的手裏把東西拿了過來，送到了他們的臥房裏，打開一看，全都是些她不認識的玩意兒。龐麗珍和沙雲娟帶來的禮物都是一些旅遊必備的東西，比如手電筒、帽子和手套什麼的。

霍丹君估計邱維佳會喜歡，而且他們的這些東西每樣基本都是戶外旅行最好的裝備，所以也不怕拿不出手。於是就讓龐麗珍和沙雲娟帶了些過來。除了這些東西，他們這群人也沒有別的東西可以送人。

「這些都是個啥呀？」丁曉娟嘀咕了一句。她並沒有看出這些東西有多好，若是讓她知道這些看起來尋常的東西加起來要好幾千塊，估計她就要傻眼了。外面的客人還在等著，丁曉娟也沒時間揣測這些是什麼東西，馬上從房裏走了出來。

邱維佳家在大廟子鎮算是富戶，早年他父親開卡車跑過運輸，去過很多地方。見過很多世面。那時候不光是大廟子鎮，全國各地的農民都沒有出門打工的想法，當時邱維佳他老爹基本上可以說是大廟子鎮外出見世面的第一人了。

每次他爹從外面回來，免不了要給他帶一些當地買不著的零食和玩具。他爹辛苦十幾年，掙下了一份家業。現在老倆口在後街上住著，邱維佳的這套房子是前些年建的。

霍丹君等人瞧見邱維佳家裏的擺設，就知道這戶人家應該算是這個鎮子上比較富裕的人家了。

這時候大廟子鎮許多人家招待客人都是用方方正正的八仙桌，而邱維佳家裏已經用起了圓桌。這圓桌是他在城裏的酒店裏看到的，覺得面積大，樣子新穎。而且最重要的是可以坐更多的人，所以回家之後邱維佳就招到了當地的木匠，請木匠為他打造了一張圓桌。

邱維佳狐朋狗友頗多，經常有很多人到家裏來做客，所以這圓桌經常能派上用場。

今天晚上，邱維佳又把圓桌請了出來。霍丹君等人圍在圓桌旁，加上他八個人，不緊不鬆，剛剛好。

丁曉娟把一道道菜端了上來，邱維佳把下午剛買的好酒給開了，給每人都倒了一杯。

「咱們這裏喝酒不流行用杯子，流行用小碗，希望各位朋友能習慣。」

霍丹君笑道：「小邱，你不用害怕咱們這些人不習慣，我們七個都是走南闖北的人，基本上可以說是走遍了全中國，各地的風俗習慣見了不少，都能習慣。」

邱維佳感興趣的問道：「走南闖北？你們到底是幹啥的呢？」林東並沒有跟他仔細說明。

霍丹君笑道：「我就跟你介紹介紹吧，咱們這七人有個統稱叫『驢友』。驢友的意思呢就是背包客，整天背著個包到處晃悠。不過咱們與普通的背包客又不大一樣，小鍾兩口子是搞地質的，郭濤這一對呢是搞設計的，而老巴和偉壯這兩人是搞建築的。不是我自吹，都是各自所在行業的精英！我們七個人有個共同的愛好，就是喜歡野外探尋。我曾經穿行過撒哈拉大沙漠，小鍾曾經在荒島上待了一個月……」

霍丹君把特別行動小組每個成員都介紹了一遍，聽得邱維佳一愣一愣的。

「乖乖，你們都是神仙吶。」邱維佳驚歎道，在他眼中，這群人可以穿越沙漠，可以在海上漂流，可以在荒島生存，這都不是他可以想像的事情，似乎這些事情只能在電視劇電影裏面發生。

「所以我說嘛，我們這群人沒有什麼不習慣的。要想在極限的環境中生存，首要的法則就是適應環境！」霍丹君說出了一句總結性的話語。

邱維佳問了一個很俗，但卻是很多人都很感興趣的一句話：「諸位，你們不怕死嗎？」

霍丹君朝郭濤看了一眼：「小郭，這個問題你來給小邱解答。」

郭濤清了清嗓子，說道：「我們當然怕死，可以這麼說，活著的人沒有不怕死的。不過對我們而言，死亡有另外一層含意。對於一個戰士而言，最好的評價莫過於『生於戰火死於征途』這八個字了。對於我們探險者而言，死於自我挑戰極限的旅途之上，同樣也是無上的光榮！記得昨天跟林總聊天的時候說過，我們這群人，每個人都寫過遺囑。其實每一次進行新的挑戰，我們都做好死亡的準備。」

邱維佳很難瞭解，他的想法是，好好的幹嘛不待在家裏？

菜上齊了，邱維佳拿起了筷子，笑道：「諸位別客氣，咱們邊吃邊聊，嘗嘗咱們這兒的土菜。來，動筷子。」

「咦？妹子呢？」龐麗珍問道。

邱維佳道：「龐姐，你別管她，她在廚房裏吃呢。」

龐麗珍訝然：「你們這兒還有這規矩？」

邱維佳明白她的意思，笑道：「其實不是你想的那樣的，今天來的人多，而且都是生人，我內人比較怕生，所以就沒過來。你們也別多想，她在廚房吃比在這兒吃舒服。」

龐麗珍笑道：「原來是這樣啊，反正咱們要在大廟子鎮待一段時間，以後咱們常過來，跟妹子處熟了就好了。」

「對，以後一定得常來。」邱維佳道，端起了酒杯，站了起來：「簡簡單單說幾句話，歡迎各位來到大廟子鎮，你們是遠道而來的貴客，我知道你們這次是為度假村選址的事情來的，度假村這個專案林東跟我聊過，這是造福鄉里的大事情，我代表全鎮老百姓，感謝大家的到來！喝！」

眾人站起來和邱維佳碰了碰杯，幾個男的都是一飲而盡。

邱維佳看到他們這樣，心裏很高興，這證明這夥人瞧得起他，他最喜歡和喝酒痛快的男人交往。

「夾菜、夾菜……」

懷城縣當地的土菜以辣為主，所以每道菜裏都有紅椒，吃到胃裏全身火熱，特別適合天冷的時候吃。懷城縣地處長江以北，雖已初春，但春寒陡峭，尤其是夜幕降臨，室外的氣溫會降到零下七八度。

眾人在室內吃著火辣的菜，全身熱烘烘的，非常的過癮。

「這菜真夠味，我喜歡！」巴平濤嘴裏撕著一塊兔肉，不住的叫好。

「我覺得比昨晚周秘書在食為天請咱吃的那桌酒席還好。」齊偉壯道。

霍丹君敬了邱維佳一杯，說道：「小邱，你們這裏的土菜很有特色嘛，以後大廟子鎮搞起了度假村，來旅遊的人肯定會很多，你可以動動腦筋，比如搞個土菜館，到時候生意一定火爆。」

邱維佳笑道：「霍隊，這我也想過，不過到時候我怕我沒有時間。林東在咱鎮上搞了個大超市，現在的事情都是我在打理。他和我說過，等度假村建好，事情還得交給我。財不能都讓我一個人發嘍，也得讓老百姓賺到錢才好嘛。」

霍丹君聽了這話，林東竟然要把度假村的專案交給他管理經營，才明白這個邱維佳與林東的關係不簡單。

「小邱，來，我敬你一杯。」鍾宇楠坐在邱維佳的左邊。

「多謝多謝。」邱維佳笑道。

鍾宇楠問道：「你們鎮子叫大廟子鎮，這名字可有來頭？」

邱維佳道：「有，後街有個大廟，每年廟會和逢年過節，那兒可熱鬧了。」

「真的有廟啊！」

眾人興奮了起來。

邱維佳笑道：「那還能有假，不過就是太破了。」

「破的好啊，說明年代遠！」巴平濤道。

「哎，巴大哥這話說得沒錯。林東這次過年回家就老往那座廟裏跑，我記得他跟我說過，說唐朝的時候那座大廟就有了。」邱維佳喝多了酒，話就多了起來。

「好傢伙，唐朝就有了，那真稱得上是千年古廟了！」

一時間，眾人都沸騰了。

「小邱，明兒個能帶我們去看看嗎？」霍丹君激動的問道。

邱維佳拍胸脯道：「那絕對沒問題。廟裏只有幾個老和尚，很好說話的。」

霍丹君道：「小邱，麻煩你把大廟子鎮大體的情況跟我們介紹介紹，方便我們以後到野外去考察。」

邱維佳總結了一下，說道：「咱們鎮大概有三萬人口，總面積不到八十平方公里，下轄十四個村。咱們鎮境內有四條大河經過，分別是雙妖河、徐西河、躍進河與七塘河。十四個村分別是柳林莊、小劉莊、朱寨……」

邱維佳將自己所瞭解的大廟子鎮詳細的介紹了一遍，末了來了一句，「林東家在柳林莊，前面不遠就是雙妖河。」

對於當地的地形地貌情況，邱維佳一點都沒提到，因為他壓根就不懂這些，而那些才是特別行動小組一行人最想知道的。

「小邱，有地圖嗎？」鍾宇楠問道。

邱維佳笑道：「地圖有是有，不過是山陰市的全圖，咱們大廟子鎮在圖上只有雞蛋大那麼塊地方，我估計也看不出什麼來。」

「更小些比例尺的地圖沒有嘛？」鍾宇楠追問了一句。

邱維佳道：「這我就不知道了，明天我去鎮政府裏問問。如果有，我就給你們弄一張。」

眾人在邱維佳家裏吃了一頓豐盛的晚飯，對丁曉娟的廚藝讚不絕口，等到眾人臨行的時候，丁曉娟才又出現，叮囑眾人有時間就過來玩。邱維佳打著手電筒，將霍丹君一行人送往鎮上的招待所。

小鎮沒有路燈，一到晚上，路上黑漆漆的，好在時間還不算太晚，道路兩旁的住戶家裏透出來的燈光足以照亮眾人腳下的路，不至於踩到什麼不乾淨的東西。

到了招待所門口，霍丹君就對邱維佳說道：「小邱，就送到這兒吧，今天辛苦你了。」

邱維佳站住了。說道：「霍隊長，你們在這裏有事情就來找我，千萬別客氣啊。不把你們照顧好了，林東回來要揍我的。」

霍丹君笑道：「放心吧，咱們不會跟你客氣的，大傢伙都為能在這個陌生的地方結識你這樣熱心的朋友而高興。」

「哈哈，我還怕你們瞧不上我們鄉下人呢。有你這句話，我心窩子裏熱透了。」邱維佳哈哈笑道。

「好了好了，我們進去了，你路上注意點，回家吧。」

眾人與邱維佳在招待所門前道了別。臨行前，與邱維佳約好了明天去大廟的觀光時間，他們約了早上八點。

邱維佳回到了家裏，丁曉娟就把他拉進了房裏，說道：「維佳，你快過來看看他們送來了啥。」

邱維佳把袋子裏的東西倒在了床上，兩眼放光。他比丁曉娟識貨，知道這些可都是十足的好東西。

丁曉娟道：「我還是第一次見到有人送禮送這些玩意的，帽子、手套和手電筒，真有趣。」

邱維佳啐了一句：「你懂什麼！這些可都是好東西。」指著那手電筒說道：「知道嗎，這玩意我有點印象，在省城一家軍用品店裏見過。不便宜，好像要兩三千塊。」

丁曉娟聽到這個數字，驚得目瞪口呆，半晌沒說出話來，「唉呀媽呀，我還當是一堆不值錢的東西呢。」

「你們女人就是頭髮長見識短，我跟你說，這夥人不一樣，沒一個是小氣的主兒，而且沒有瞧不起咱鄉下人，值得交往。」邱維佳笑道。

丁曉娟笑道：「那你以後就經常把他們往家裏帶，我做好吃的給他們吃。」

「行了，我做事還用你教？趕快給我打洗腳水去，我要泡腳。」邱維佳往床上一坐，像個大老爺。

「哎喲，尾巴翹上天了啊！」丁曉娟拎著邱維佳的耳朵就把他拎了起來，邱維佳在人前是個大老爺們，人後其實是個非常怕老婆的主兒。

「誰給誰打洗腳水？」

邱維佳連連乞饒，「夫人夫人……我給你打洗腳水還不行嗎？」

丁曉娟鬆開了手，「行，那你去吧。」

邱維佳只好乖乖的去了。

第五章 千萬改編權

林東問道：「你花多少錢，簽下劉根雲最新小說的改編權？」

高倩道：「一千萬！」

林東倒吸了一口涼氣：「好傢伙，劉根雲這廝不傻啊，感動歸感動，該收的錢可一分沒少收嘛。」

高倩道：「一千萬不算多，想出兩千萬拿到改編權的也大有人在呢！一

話說林東下午開車到了火車站，停好了車就直奔出站口，等了好一會兒，卻還不見高倩出來。正當著急之時，瞧見了一個熟悉的身影，等到那人走近，林東一看，原來是省城財經報刊的大主編沈傑。

沈傑也瞧見了他，走過來和林東打招呼。

「林老闆，好久不見啊，你越來越厲害了啊！」

沈傑是業內人士，知道林東已經入主了亨通地產，並且將亨通地產改了名。

林東朝沈傑身後的那個看樣子還是學生模樣的女孩瞧了一眼，朝沈傑笑了笑，「唉，我哪比得上沈主編您豔福齊天啊！」

沈傑神色一變，低聲對林東說道：「林老闆，可不敢這麼說，身後的這位是咱們社長的女兒，不是你想的那回事。這次是社長特意吩咐我帶出來歷練歷練的。」

林東呵呵一笑，「噢，原來如此啊，沈主編，這次來蘇城又有何貴幹呢？」

沈傑笑道：「說起來還跟你也有關係。」

林東面帶疑惑之色，笑問道：「跟我有關係，到底啥事呢？」

「咱們報社要做個專題，這個專題就是江省年度十大財經人物，上頭很重視，這個主題必須得做好。因為入選的都不是普通人，最看重的就是面子，咱們報社把他們當作十大代表推了出去，他們臉上有光，咱們下一年的經費就不愁了。原來十個人都是定好了的，哪知道其中一個前幾天出事了，被抓了，所以就剩下了個空缺，我就想起了你，把你的情況跟社長說了，極力推薦了你。」

能上年度十大經濟人物的都是江省本地企業家中的佼佼者，若按財力與資歷來說，林東是不夠的，不過沈傑對他印象不錯，而且林東那麼年輕就取得了如此顯赫的成就，潛力十分可怕，所以沈傑也有理由向社長推薦的。

林東呵呵一笑，他知道這個名額只要他肯出錢就是他的了，笑問道：「沈主編，多少錢？」

沈傑笑道：「快人快語，一針見血，我欣賞你這種性格！我也不跟你兜圈子了。一百萬，對你而言只是筆小數目。」

年度十大經濟人物在江省的影響力十分巨大，林東思考了一下，溫欣瑤還在蘇城的時候，就老跟他提到包裝和宣傳的重要性，他想了想，這是一次不錯的機會，一百萬買一次有影響力的宣傳，值了。

沈傑繼續說道：「年度十大經濟人物是分開宣傳的，在我們報社最有影響力的刊物上每個月專門開闢一個專用版面。不僅宣傳你這個人，還會配合宣傳你的公司，版面很大。」說完，看著林東，似在等待他的答覆。

「林老闆，願意出錢上的人能夠組一個團的，你怎麼說？」

林東點點頭，「這名額我要了，你幫我定下來吧。沈主編，多謝你。」

「咱們是朋友嘛，有啥好處應該想著對方的。」沈傑笑道。

林東問道：「沈主編，蘇城還有誰上了？」

「金河谷，和你一樣年輕。認識嗎？」沈傑笑問道。

林東冷冷一笑：「豈止是認識。」

沈傑是個人精，瞧出來林東臉上神情的變化，心知他與金河谷必然有過節，說道：「姓金的出了八百萬，排第一位。」

林東呵呵一笑：「他還真是捨得出血啊！」

沈傑笑道：「八百萬對金家而言，九牛一毛而已。」

「你們這次來就是給他做專題的吧？」林東問道。

沈傑點點頭：「是啊。」

林東低聲在沈傑耳邊說道：「你們報社社長的女兒太漂亮了，我建議你不要帶到金河谷面前去，免得他生出邪念，那傢伙可是什麼手段都敢使的，尤其是對付這種未經世事的小女生。」

沈傑臉色一變，若是社長的女兒跟他出來出了事情，那他就等著丟飯碗吧，當下心裏一驚，收起了笑容，「多謝林老闆提醒，我一定小心。」

「我在這裏接人，今天就不陪你了。沈主編，約個時間，給我個做東的機會。」林東笑道。

沈傑在江省的名氣不小，走到江省十三市哪個地方都有一群老闆排隊想請他吃飯，所以從來不為飯局發愁，笑道：「得了空我一定打電話給你，那我就先過去了，林老闆，再見了。」

林東和他握手道別。

沈傑帶著那小女生走了，林東瞧著二人的背影，沈傑對那小女孩畢恭畢敬，行李全部都是他拿。那小女生則是一直耳朵裏塞著耳機，手上一直在玩手機，剛才沈傑與林東談話的時候，她連頭都沒有抬一下，一副目中無人的模樣。

「喂，你在看什麼呢？」

林東被人拍了一下，猛然回過神來，扭身一看，原來是高倩。

「倩，你怎麼不聲不響的就出來啦！」

林東高興的把她抱了起來，在熙熙攘攘的出口處人群裏轉了幾圈。

「誰不聲不響了？是你出神，是不是看哪個美女看得呆了？」高倩嘟嘴道。

「不是，是省城報社的一個主編，熟人。對了，倩，我花一百萬買了個江省年度十大經濟人物的名額，你覺得這錢花得值嗎？」林東笑問道。

高倩道：「才一百萬啊，那你排名一定很靠後了。我幾個叔叔都是花了好幾百萬的。不過這錢花得肯定值的，對你的事業會很有幫助，你會因為這個宣傳被江省甚至省外的富商所認識，你的企業甚至你的理念也會在宣傳中傳播開來。現在隨便做個廣告都要好幾百萬，一百萬太值了。」

林東道：「我和你的看法是一樣的，我是最後一位，所以便宜些，就是剛才看到的那個主編把這個名額給我的，與我熟悉，所以開了個實誠價。」

「算你撿便宜了！」高倩笑道。

林東朝她身後望了望，「你公司的人呢？」

高倩道：「在溪州市下了車，本來我也想在那裏下車的。不過我爸說有陣子沒見我了，叫我晚上回去吃晚飯。」

林東拿起高倩的行李，笑道：「那就走吧，我送你回家。」

高倩挽著他的胳膊，幸福的依偎在他的懷裏，一起朝他的車子走去。

林東的車子就停在火車站的停車場，到了那兒，取了車就載著高倩直奔她家在郊外的豪宅去了。車子開到半路，林東才猛然想起一件事。

「哎呀，我空兩手什麼都沒帶啊！」

高倩道：「要帶什麼？我家什麼都不缺，別多想了，我爸不是個小心眼的人，不會多想的。」

林東道：「但我總覺得是失禮。」

「行了，別瞎想了。你要覺得錯，有一點倒是真的錯了，我爸不請你，你從來不知道主動上門。」高倩佯裝生氣的說道。

林東笑道：「你們家那陣勢，我去一次怕一次，誰讓你爹是高五爺呢。」

高倩道：「那是你不瞭解我爸，我們所有的生意早就都是正經的了，我爸之所以還留著那麼多兄弟，是因為那幫人離開他就會變壞，只有我爸能鎮得住那幫人。不是我爸的約束，定下規矩不准他們惹是生非，那夥人說不定早就被法辦了。」

林東想了一想，高倩所言的確很有道理，高五爺的那幫子手下，當年都是不安分的主兒，除了打架生事，沒別的能耐，若是高五爺不管不顧，任他們在社會上闖蕩，那絕對都是禍害！

「看來你爹用心良苦啊！」

與高倩聊了一會兒高五爺，林東將話題轉移到了高倩此次的京城之行上，笑問道：「倩，這次京城之行有什麼收獲嗎？」

高倩道：「收獲很大，一籮筐。我花了很多錢，請了一幫好手，組建的團隊絕對可以稱得上是當今國內一流的，他們是東華娛樂公司日後崛起的基石。不過如果論最大的收穫，我覺得還是與劉根雲大師的會晤。」

林東問道：「你說跟劉根雲大師談劇本的事情，怎麼樣了？」

「成功了！」高倩眉飛色舞的談起與劉根雲見面的經過：「如果我不知道他是劉根雲，在大馬路上遇見，你絕對不會想到這就是當代最紅的小說家。天啊，說句對他不尊重的話，劉根雲活脫脫就是個農民的模樣。」

「他本來就是個農民。」林東笑道。

「可他現在是個大師！」高倩大聲道。

林東無心與她爭論，問道：「那見了面之後呢？」

「之後嘛，我就成功和他簽了約，他那本最新的小說《山溝裏最後一個婦人》電視劇的改編版權，成功被我收入囊中了。」高倩萬分得意的說道，劉根雲每一部小說改編的電影和電視劇都非常的賣座，所以當他最新的小說上市之後，很多影視劇公司就找上了門，不惜血本的想要拿到改編權。

「你是怎麼做到的？」林東很感興趣的問道。他知道高倩的競爭對手一定不少，而且許多都是比她更有實力的。

高倩說道：「如果不是為了能獲得改編權，我估計一個星期前就回來了。最近的這一個星期，我整天就站在劉根雲家的門口。我知道論實力，東華現在已經淪為二三流的小公司了，根本無法與那些巨頭競爭，那只能拚誠意了。我白天就一直守在劉根雲家的門口，一直守了五天。劉根雲被我的誠意打動了，說我那麼年輕，而且是個女孩，能有那麼堅強的毅力難能可貴，之後就答應了把改編權賣給我。」

「那你到底花了多少錢，簽下了劉根雲最新小說的改編權？」林東問道。

高倩道：「一千萬！」

林東倒吸了一口涼氣：「好傢伙，劉根雲這廝不傻啊，感動歸感動，該收的錢可一分沒少收嘛。」

高倩道：「一千萬不算多，想出兩千萬拿到改編權的也大有人在。劉根雲是看我年輕，而且他說曾在蘇城受過別人的恩惠，見我是蘇城人，所以特意吩咐他的經紀人少收點錢的。」

「一千萬還算少？」林東笑道：「看來不論是哪個行業，搞好了都能賺大錢。我原以為中國的作家都窮得叮噹響，沒想到劉根雲那麼賺錢！」

「其實他少收我一個並不會虧太多，因為他還可以把改編權賣給其他人，就比如說金老的武俠小說吧，各種版本層出不窮，每賣一次改編權他就賺一次錢。」

金老在華人心中的地位是無可替代的，他是最成功的通俗小說作者，有華人的地方，就有他的小說。無論是販夫走卒，還是高官巨賈，都有對他小說的癡迷者。

林東說道：「那你打算什麼時候開拍呢？」

高倩搖頭歎道：「難啊，這部小說裏的主角太難演了，性格很複雜，現在的娛樂圈，我還沒見到一個女演員能演好的。」

「當年拍大紅燈籠高高掛的那個呢？」林東推薦了一個人選。

高倩呵呵一笑：「東，人家那已經是好萊塢巨星了，且不說她不演電視劇，就算她演，幾千萬甚至上億的片酬我也給不起。這部劇是我打算用來打翻身仗的，東華不能再繼續下滑了，能不能挽住頹勢，就靠這部劇了，所以必須要慎重。」

「要不你也搞一個海選，不僅能造勢，說不定還真能找到你滿意的演員。」林東的聲音略顯興奮，在他看來這無疑是個好法子，卻不知正是他的這句話，改變了柳枝兒的人生。

「對啊！我怎麼沒想到呢？」

高倩興奮的握起了拳頭，海選的確是個好主意，不僅可以為新劇造勢，還可以宣傳她的公司，同樣也能選角，一石三鳥的好法子，她有什麼理由不採用呢？

「林東，這部劇若是火了，有你一份功勞。」

林東繼續說道：「我也是想起前幾年翻拍紅樓夢的事，導演採用的也是海選的方式，金陵十二釵全部都是海選來的，那時候著實火了一把。不過後來證明，海選並沒能選來好演員，與經典版相比，新紅樓夢的口碑差太多了。」

高倩說道：「放心吧，我只海選主角一人，其他的角色，還是會考慮用成熟演員的。至於海選中如果有具潛力的新人，我會簽下他們，悉心培養，說不定就是日後紅透半邊天的大腕名角。」

林東開車進了別墅內，二人下了車。

院門旁的獒犬瞧見了他，出奇的沒有開口嚎叫。

「東，看來阿虎是認識你了。」高倩走了過去，這獒犬好久沒見她，搖尾巴不住的往高倩身上蹭，模樣十分溫順，牠力量極大，把高倩拱得連連後退。

高倩摸了摸阿虎碩大的腦袋：「好了好了，阿虎，我進屋去了。」

獒犬十分不捨的瞧著高倩進了屋，瞧見她挽著林東的胳膊，忽然醋意大發，對著林東狂叫不止，直到李龍三從屋裏出來喝止，這才按捺住脾氣，不再怒吼了。

林東把高倩的行李送進了房內，心想還沒拜見高五爺，於是就出門下了樓。

李龍三見了他，丟了一根煙給他：「林東，你知道剛才阿虎為什麼突然狂性大發嗎？」

林東搖搖頭：「我實在不懂牠的心思，我剛到的時候還好好的，沒見牠動怒，還以為認識了我，把我當作熟人了呢。」

李龍三笑道：「阿虎的確是認識你了，你來過兩次，牠很聰明，會記得你的模樣和身上的味道，所以剛開始的時候沒有對你吠。」

「那為什麼阿虎又突然對我吠了？」林東不解的問道。

李龍三笑道：「難道你沒看出來阿虎對倩小姐的感情很深嗎？牠是吃醋了，見到倩小姐挽著你，不對你吼才怪呢。」

林東明白了過來，搖頭一笑：「對了，五爺不在嗎？」

李龍三道：「五爺不在家，不過倩小姐既然回來了，他今晚無論如何也會回家吃晚飯的。你隨便坐吧。」

林東坐下沒多久，高紅軍就回來了，他忙站了起來，走了過去，打了聲招呼「五爺。」

「來啦。」高五爺朝他一笑：「外人叫我五爺也就罷了，你別那麼叫，以後改口叫我叔叔吧。」

林東知道這是高五爺對他的肯定，已將他當做了自己人，含笑點了點頭。

高倩聽到她爸爸的聲音，走了出來，已換了一套可愛的家居服，如燕子般撲進了高紅軍的懷裏。「爸爸……」

高五爺抱住女兒，眼中滿是疼愛之意：「倩啊，這次去京城事辦得順利嗎？」

「嗯，很順利。爸爸，有個消息我要告訴你，我簽到了劉根雲最新小說的電視劇改編權喔，怎麼樣，厲害吧？」高倩表情可愛，看著高紅軍。

高五爺把女兒抱了起來：「你這孩子，知道給老爸驚喜了，很厲害，不愧是我高紅軍的閨女！」

林東瞧他們父女情深，一邊很開心，一邊很擔心。如果讓高紅軍知道他在外面還有幾個女人，他真不敢想像高紅軍會怎麼收拾他。

高五爺道：「倩，爸爸去換套衣服，馬上就過來。」說完，拍了拍高倩的腦袋，就上了樓。

高倩發現林東一直瞧著她爸爸的背影，問道：「東，你幹嘛一直看著我爸？」

林東回過神來，笑道：「我在想如果以後你嫁給我受了委屈，你爸爸會怎麼收拾我？」

高倩笑道：「那你可要小心了，你膽敢欺負我，就算我爸不開口，他下面的那幫小弟也會替我討個說法的。」

林東連連搖頭：「唉，我命歹啊，看來以後註定是個妻管嚴了。」

高倩開心一笑：「你去坐著吧，我去廚房炒幾個菜。」

第六章

藏獒心中的恐懼

「不好，阿虎齜牙了！」李龍三驚叫一聲。

林東驚了一身的冷汗，再也沒有去摸摸阿虎的想法了。

李龍三皺著眉頭，阿虎為什麼會往後退？要知道獒犬生性兇殘好戰，即便是比牠更強大的對手也不會後退，為什麼遇到林東，阿虎會有這種反應？

他回憶剛才阿虎的反應，猛然發現，那根本不是要攻擊的表現，而是在防禦！

阿虎是害怕林東對牠發起攻擊！

天吶！純種的藏獒犬怎麼會害怕一個手無寸鐵的人類？

林東坐了一會兒，高紅軍就下來了，見他無事可做，說道：「小林，有沒有興趣去我書房聊一聊？」

林東點點頭，跟在高紅軍身後進了他的書房，他估計高紅軍多半是有話對他說。

李龍三送來了香茗，然後就出去了。

高紅軍開門見山的說道：「小林，倩倩畢竟是個女孩家，我不願意強迫她做她不喜歡做的事情，我們高家人丁單薄，我沒有兄弟姐妹，連個侄兒都沒有，這世上就只有倩倩這麼個親人。倩倩玩心重，而且心機單純，不適合打理生意，你明白我的意思嗎？」

林東心知高紅軍有意讓他接管高家的生意，連忙說道：「叔叔，你正值壯年，依我看至少還能再掌舵三十年！」

高紅軍揮揮手，呵呵笑了笑：「我今年五十了，你要我再幹三十年？難道我的命就那麼苦嗎？」

林東笑道：「叔叔，您知道我不是那個意思，只是覺得您春秋正盛，不該那麼早想接班人的事情。」

高紅軍有意在試探林東，他見林東沒有直接同意，繼續問道：「我只是想早點頤養天年，過幾天舒服的日子。商場上爾虞我詐勾心鬥角，我大半輩子都在幹這些事，累了倦了乏了，你遲早要跟倩倩結婚的，我的生意不交給你交給誰？」

林東道：「五爺，其實我早有想法，您的生意還是由倩倩來打理，雖然她是個女兒家，但我相信她的能力，而且倩倩也十分努力。虎父無犬女，您半生拚搏的事業一定可以在她手裏再放光輝！至於我自己，我有自己的事業，我的事業正在起步期，我整天也是忙得不可開交。」

高五爺歎了口氣：「好吧，人各有志，我不強求。」

這時，高倩推門走了進來。

「爸，吃飯了，你們快下去吧。」

高紅軍站了起來，對林東說道：「走，下去嘗嘗倩倩的手藝。」

林東跟在高紅軍的身後，隨著他去了樓下。剛才在高五爺的書房，林東隱隱覺得高紅軍是在試探他，好在他對高家的產業從來沒有半點的非分之想，自問剛才回答的還算得體，即便是高紅軍想要試探他，也無需心存畏懼。

餐廳內，高家的傭人已將各式佳餚擺上了餐桌。今天是家宴，並無外人，所以菜肴以清淡為主。高紅軍的口味是最清淡的，如果一人在家，一盤燙青菜或是清炒土豆絲就可以解決，不過高倩的口味要重一些。而且喜好吃肉，所以每當高倩在家的時候，廚房裏總要準備兩種口味的菜肴，以供著父女二人享用。

林東和高倩面對面坐著，高紅軍坐在主人位上。

「都別客氣，吃吧。」高紅軍拿起了筷子，指著餐桌上的菜肴笑道。

高倩夾了一塊排骨給林東。「東，你太瘦了，多吃點肉。」

這一幕落在高紅軍的眼裏，心中百味雜陳，不知該如何描述。女兒二十五歲了，作為父親的他已經不再是她世界裏最重要的男人了，這說明高倩長大了，可不知為何，高紅軍的心裏卻隱隱難受。多希望女兒永遠只屬於他，永遠也長不大。他驚然發現，他的心裏多多少少是有點妒忌和恨林東的。都說女兒是父親上輩子的情人，看來這話雖有悖倫理，卻也算是有些道理。

「倩，我自己想吃什麼會夾菜的，你在外面很多天了，該給叔叔夾點菜了。」林東提醒了高倩，他作為這父女倆之外的人，比較能夠猜到高紅軍此刻的心情。

高倩猛然醒悟過來，笑道：「我是害怕你在我家拘謹。」說完，站起來把那盤子青菜與高紅軍面前的紅燒肉換了個位置，對高紅軍說道：「爸爸，你瞧我多關心你，知道你愛吃青菜。」

高五爺呵呵一笑，臉上帶著慈愛的神情，誰也無法想到這就是當年叱吒風雲威震江湖的黑道大佬，此刻的他。完全沉浸在家庭的其樂融融之中，不過眼瞼一開一合之中，偶爾還能看到當年的凌厲。

「林東，年前我跟你說過什麼話，還記得嗎？」

林東想了一下，點頭說道：「叔叔，我記得。」

高五爺看著高倩說道：「年過了，我的閨女又長大了一歲，也是時候考慮她的人生大事了。你是怎麼想的？」

這是他第一次當著高倩的面談論這事，算是比較正式的了。高倩心裏自然激動的不得了，嘴上卻道：「爸爸，我不要那麼早嫁人，我要留在家裏陪著你！」

高紅軍笑道：「你又不是嫁到了天南地北，況且我還有個想法，你們結婚後就住到這裏。這裏遠離市區，空氣好，也安靜，將來你有了孩子，對寶寶的生長很有利。」

高倩臉一紅，低下了頭。

「爸爸，可我真的不想那麼早嫁人嘛……」

「真的不想？」高紅軍知道女兒是不想讓他難過才這樣說道，心中滿是甜蜜，哈哈一笑。

高倩沒有答話，她早就想嫁給林東了，那麼以後就可以名正言順的住在一起了。

高紅軍看著林東，林東卻遲遲沒有開口答話。他剛才聽到高五爺說婚後要住在這裏，這是他之前沒有想到的，他從來沒有想過要住在高家。他現在完全有條件在郊外買一套別墅，沒必要住在岳父的家裏。

林東心中有個不祥的預感，他只希望這預感是錯誤的。

「過些日子我要回老家一趟，我想到時候正好把我爸媽接過來住一陣子，到時候帶二老過來與叔叔商量。」

高紅軍點了點頭：「好，這樣最好。吃飯吧。」

高紅軍吃了一會兒就離開了餐廳，他晚飯一向都吃得很少。剩下高倩和林東兩個人在餐廳裏，這兩個人的胃口都不小，邊吃邊聊，一直吃到很晚。晚飯過後，林東就打算告辭了。

到了客廳裏，朝門外瞧去，不知何時竟然飄起了鵝毛大雪，看到地上白白的一片，心想這雪應該已經下了好一會兒了。

李龍三從外面走了進來，對他說道：「蘇城三月裏還下那麼大的雪，真是罕見啊。我活了三十年，這還是第一次遇到。」

林東問道：「李哥，這雪是什麼時候開始下的？」

李龍三答道：「有三個多小時了，五爺回來不久天空就飄起了雪，越下越大，眼下院子裏的積雪都漫過腳面了。」

「我去跟五爺說一聲，該回去了。」林東上了樓，高倩跟了過來。

「東，外面下那麼大的雪，你就別回去了吧。」高倩擔心雪天路滑，擔心他的安全。

林東笑道：「沒事，我跟五爺說一聲就走，你不用擔心我，我沒事的。」

林東進了書房，高紅軍正在看書，桌上的香茗煙霧嫋嫋。

「叔叔，承蒙您招待，我這就回去了。」

高紅軍放下了書本，朝窗外瞧去，外面大雪紛飛，不遠處的山上已經是白茫茫的一片了，扭過頭對林東說道：「林東，太晚了，我看著雪挺大的，你今晚就在家裏住下吧。咱家往城裏去有很長一段下坡路，下雪天特別的滑，別走了，家裏房間多的是。」

高五爺親自開口留他，林東心想若是再推辭就顯得托大了，心裏權衡了一下，已有了決定，笑道：「既然這樣，那我就打擾了。」

「你小子，都快做我女婿的人了，客氣什麼。行了，我看書了。」高五爺重新拿起了書本。

林東從他的書房裏出來，高倩在門外什麼都聽到了，笑道：「還是我爸的話管用啊。走吧，我帶你去房間看看去。」

高家在郊外的別墅一共五層，每一層都有將近一千個平方，家裏不僅有室內游泳池，就連電影院都有，房間就更多得數不清了。高倩住在三樓，她的房間足足有一百多個平方。三樓因為有她住，所以並沒有設置客房。

她把林東帶到了四樓，選了一間最好的客房，把門打開：「親愛的，這房間怎麼樣？」

林東看了一眼，房間內裝飾奢華，各種電器一應俱全，地上踩上去是軟軟的地毯，不禁感歎道：「進了你家之後，我才知道我林東與真正的豪門有多大的差距，倩，你信不信我有一天也會有那麼大的宅子？」

「我信！」

高倩不假思索的說道，在她眼裏，林東就是最厲害的。

林東將她擁入懷中，深情地凝視著她，直到二人的呼吸都有點急促了。

高倩用力推開了他，面色潮紅：「東，現在不可以，我爸爸還沒睡覺，我不能在這裏久留，晚上等他睡下了我再過來。」

林東與她分開了好一段日子，很想與她溫存一番，拉著高倩的手說道：「不打緊的，我們快點就行了。」

高倩瞪了他一眼：「你這傢伙沒一小時能結束嗎？能快到哪裏去！好了好了，忍著點，我先下去了。」

「倩……」

林東喊了一聲，高倩已慌慌張張的離開了這個房間。

林東關上了門，一看時間，已經將近九點鐘了，找出洗漱用品，將全身洗了個乾淨，等待高倩的到來。

外面天寒地凍，大雪紛飛，室內卻是溫暖如春，林東穿著睡袍靠在床上，心不在焉的看著電視裏的肥皂劇，這幾年電視裏除了諜戰劇就是宮鬥劇，與他的審美口味不符，換了很多個頻道，總算找到了一部他喜愛看的歷史劇。看了一會兒，發現歷史被腦殘的編劇改得面目全非，氣得他差點摔了遙控器，只好換台，正好電影頻道有一部外國大片在播放，畫面效果火爆異常，還算合他的口味，林東就打發時間的往下看去。

這部片子兩個多小時，電影結束之後，高倩還是沒有出現。

林東拿起手機看了一下，十一點多了，給高倩發了一個問號，他想高倩應該會明白他的意思的。

簡訊發出去很久，久到林東已經忘了他曾給高倩發過簡訊，不知不覺之中，睡意上湧，他已躺在床上睡著了。

也不知過了多久，林東彷彿是在夢裏聽到了敲門的聲音，仔細一想又覺得不對勁，猛然驚醒，原來敲門聲不是在夢裏，的確有人在外面敲門。

林東心知必然是高倩來了，翻身下床，連拖鞋也沒穿就朝門跑去。到了門口，從貓眼裏看去，門外站著的果然是高倩，林東立馬開了門。

高倩慢騰騰的走了進來，看上去興致不是很高的樣子。

林東瞧見她穿著可愛的粉色睡衣，摟住了她的腰，問道：「倩，怎麼那麼晚才來？我剛才都睡著了。」

高倩下樓之後不久就被高五爺叫到了書房裏去，高五爺跟她談了談有關她的婚事的問題，高倩原本以為這會是個愉快的過程，但事實證明她的猜測是錯的。高紅軍很欣賞林東，認為他在年輕人當中是了不起的，對於高倩和林東的婚事，他也很贊成，不過就是有個要求，那就是婚後林東必須住在高家，而且林東與高倩所生的第一個孩子必須要跟從母姓，也就是說林東與高倩的第一個孩子必須得姓高。

高倩很瞭解她的父親，高紅軍既然開了口的事情，那就是已經沒有轉圜的餘地了。同樣，她也很清楚林東的性格，林東表面上對她百依百順，骨子裏卻有大男子情節，如果讓他知道父親要讓他們的第一個孩子姓高，恐怕他會難以接受。

高倩終於明白晚飯的時候她爸爸為什麼會說那些話，看來這個想法並不是高紅軍突然冒出來的，而是在他腦子裏醞釀了很久的。高家人丁單薄，到他這一代，只有他一人。到了高倩這一代，他卻只有個女兒，這一直是高紅軍的心病。

當年高倩的母親生下高倩不久，有仇家上門尋仇，高倩的母親為了救他，替他擋了一槍，因而香消玉殞。高紅軍很愛妻子，妻子又是因為他而枉死，所以從妻子在他面前死掉的那一刻起，他就斬斷了情絲，決定為妻子「殉情」。

不過這種「殉情」並不是隨高倩的母親而去，而是斬斷他的情絲，不再續弦。高紅軍也因而只有高倩這一個女兒，高家的香火絕不能就此斷掉，高紅軍因此想到了要將林東招來入贅，但仔細一想，林東並不是以前的那個窮小子，以他對林東的瞭解，如果提出讓林東入贅，可能會毀了這樁婚事，而最痛苦的肯定是女兒高倩。

高紅軍可以想像得到，當高倩看到父親與情郎反目成仇，那會是怎樣的一種心痛與糾結。

這個世上他最愛的人就是高倩，也最不願意看到高倩難過。高紅軍考慮再三，終究放棄了讓林東入贅的想法，他也清楚這條路並不可行。於是繼續苦思冥想。決定退讓一步，不讓林東入贅，但高倩所誕下的第一個孩子，必須要跟隨母姓，這樣也算是延續了高家的香火。

高紅軍晚上在書房看書，總是難以集中精神，於是就將高倩叫了過去，想讓她事先有個心理準備。等到林東的父母來與他商談兒女婚事的時候，他到時會將這個要求說出來，在此之前。他必須說動女兒站在他這一邊。

高紅軍不是個喜歡繞彎子的人，不過這次他卻兜了很大一個圈子。問了問高倩在京城的所見所聞，問了問高倩對林東的感情，聊了聊高倩小時候的事情，最後才攤牌。

「倩倩，爸爸就你這麼一個女兒，你媽媽去世得早，所以你不會有弟弟妹妹。但咱們高家的香火不能在爸爸手裏斷掉了，倩倩，爸爸想你和林東結婚之後生的第一個孩子跟著你姓，你覺得怎麼樣？」

這個問題對高倩而言顯然是個驚雷，一下子將她心裏美好的打算全部都炸飛了。

「爸爸，都什麼年代了，你為什麼還會有這種想法？」高倩第一反應就是質問她的父親。

高紅軍歎道：「你爸爸我年輕的時候是個街頭的小混混，過著砍砍殺殺的日子。你爺爺死得早，你奶奶一個人整天為我提心吊膽，害怕我說不定哪天就沒了。你奶奶臨死之前，要我答應她一定不能讓高家絕後。倩倩，這世上我虧欠過兩個女人，第一個女人是你奶奶，她給予了我生命，並將我撫養長大，第二個女人是你的母親，她延續了我的生命，如果當年不是她替我擋了那一槍，世上早沒高紅軍這號人了。為了對得起你媽媽，我決定終身不娶，所以延續高家香火的重任就只能交托給你了。如果你不答應爸爸，等我百年之後見到了你奶奶，我依舊是個不孝子啊！」

高紅軍熱淚橫流，這是高倩自記事以來第一次看到父親流淚。

那一刻，高倩幾乎脫口而出，「爸爸，我答應你！」

她實在不願看到父親難過，這個男人為她付出了太多，給了她生命，給了她所需要的一切，她沒有理由拒絕自己的父親。

高紅軍抱著她，眼淚沾濕了高倩的頭髮。

從高紅軍的書房裏出來，高倩渾渾噩噩的回到了自己的房間，一直坐在床上思考怎麼跟林東開口。她不是沒有看到林東發來的簡訊，也明白那是林東催她過去，不過她清楚自己現在的心情不適合去見他，她還沒準備好怎麼跟林東開口。

凌晨一點，高倩卻一點睡意沒有，她不知道林東有沒有睡下，也不知該怎麼跟林東開口，鬼使神差的上了樓，並敲了敲林東的房門。令她沒有想到的是，門馬上就開了。

「喂……倩，我在問你話呢。」

高倩低著頭久久沒說話，林東於是就又問了一遍。

高倩恍然回過神來，編了個謊話，說道：「我回去之後睡了一覺，一覺睡過了頭，一覺睡醒之後一看時間都那麼晚了，以為你應該睡著了，就過來看看。」

林東看得出高倩情緒低落，柔聲問道：「倩，是不是不舒服？」

高倩搖搖頭，「沒有，只是覺得有些累。」

林東一拍腦袋，「你瞧我，都忘了你是剛從京城回來。這些天那麼忙碌，今天又坐了那麼久的車，一定是累了。倩，要不你就回去休息吧？」

高倩抬起頭來，看著林東，「東，你不怪我嗎？」

林東微微一笑，「傻瓜，這有什麼好怪你的，應該怪我沒有想到。好了好了，時間很晚了，你趕緊回去睡覺吧。」

高倩點了點頭，「那我走了。」說完就出了門，終究是沒有勇氣跟林東說出那個要求。她在心裏曾設想過林東聽到那個要求後的反應，他的那種表情足以讓她在夢中驚醒。

唉，可憐的高倩，她完全陷入了不知該如何是好的境地之中。

回到房中，高倩只覺身心俱疲，躺下來很快就睡著了，不過卻連著做了一夜的噩夢。

林東只當是高倩太累了，心裏沒有多想，倒頭就睡著了。因為害怕在高倩家睡過了頭，所以在睡覺之前林東設置了五個鬧鐘，從六點半開始鬧，每隔十分鐘一個，以他目前嗜睡的狀態，一個鬧鐘真的不至於能把他鬧醒。

第二天早上，林東直到第五個鬧鐘快要響完之後才睜開了眼。一看都快七點半了，連忙下床穿好了衣服。洗漱過後，他站到窗前，拉開窗簾，外面天地之間入眼處全是一片白色。

大雪已經停了，窗外的高家後院裏有一片竹林，厚重的白雪積壓在竹枝上，壓得竹枝都彎到了地上，從中可以想像得到昨夜的雪有多大。

林東拉開了窗戶，一陣猛烈的冷風吹了進來，將他的睡意全部趕跑了，凍得他渾身一抖。

關上了窗戶，林東就出了門。到了一樓，傭人馮媽看見了他，「姑爺，早飯好了，您是先吃，還是等倩小姐一塊兒？」

家裏的傭人都知道林東是高倩的男朋友，而且昨晚高紅軍留他下來過夜，就等於承認了他這個女婿，所以馮媽就擅自做主叫了林東一聲「姑爺」。

「不急，我還不餓，我等等高倩吧。」林東笑道，他還不適應「姑爺」這個稱呼，畢竟還沒有和高倩結婚。

他走到院子裏，院子裏的積雪已經被李龍三帶著人清掃了乾淨，拴在大門旁的藏獒犬阿虎看到了他，露出了敵意，對著他齜牙咧嘴，怒吼不止。李龍三聽到了動靜，從一旁的偏屋裏走了出來，朝阿虎喝斥了幾聲，這才讓這畜生安靜了下來，不過牠滿懷敵意的眼神卻始終沒有改變。

李龍三走了過來，林東遞了一支煙給他。

「林東，你算是把阿虎得罪了。」李龍三笑道。

林東笑道：「唉，狗通人性，這話一點都不假啊。」

李龍三說道：「阿虎這傢伙很記仇的，幾年前是我親自開車去藏地把牠買回來的，當時帶牠回來的路上，這傢伙那時候還是個崽子，很不老實，就我一人，要開車還得要伺候牠，著實被牠叫得煩了，於是就朝牠的腦袋拍了幾下，估計是打疼了牠，回來之後有半年都不正眼瞧我。我為了緩和和牠的關係，不知道往這傢伙嘴裏塞了多少塊肉。總算阿虎還算有良心，知道誰對牠好，這才願意和我親近。」

林東愕然，阿虎若認為是他奪了女主人的疼愛，把這筆賬算在他的頭上，這可比朝牠腦袋來幾下子嚴重多了，「李哥，你給指條明路，告訴我該怎麼修復和阿虎的關係。」

李龍三笑道：「這你還真的得問我，阿虎是我一手養大的，除了五爺父女倆，就屬跟我最親，我最瞭解這傢伙了。林東，你沒事的時候就盯著阿虎的眼睛看，眼是心靈的視窗，人與動物雖然語言不通，但是通過觀察對方的眼睛，可以達到一定的溝通。你要通過這種方法讓阿虎知道你的友好，要讓牠知道你和倩小姐之間的感情。」

「你不是害我吧？」林東覺得李龍三說的方法太玄乎，說不定就是這傢伙有意捉弄他，與狗對視，還想讓狗讀懂自己的眼神，這真是要多傻有多傻了。

李龍三道：「你還真別不信，現在就可以試試。你走近一些，看著阿虎。」

林東依她所言，朝阿虎走近了幾步，臉上帶著笑意，儘量使自己表現得友好些，朝阿虎的眼睛望去。

阿虎瞪著眼睛看著林東，獒犬的眼睛又大又亮，加上阿虎表情猙獰，眼神看上去十分兇惡。在與阿虎對視了兩三分鐘之後，不知為何，瞳孔深處的藍芒蠢蠢欲動，似乎對投射而來的凌厲目光十分的期待與興奮。

林東極力控制藍芒，而藍芒卻像是失控了一般，掙扎了一會兒就擺脫了他意志的控制，朝眼球表面衝去。

獒犬的視覺十分厲害，像是感受到了從林東眼睛裏透出來的恐怖，忽然扭頭避開了林東的目光，低下頭哼哼唧唧，一時間雄風喪盡。

林東一皺眉，藍芒失去了對手，瞬間又恢復了平靜，「李哥，這是怎麼了？」

李龍三也皺著眉頭，「不應該啊，阿虎這是害怕了嗎？這可是從來沒有過的事情啊。」

若是說一隻純種的藏獒犬會對一個赤手空拳的人類產生懼意，任誰都不會相信。

李龍三走到阿虎跟前，蹲下身來，阿虎直朝他的懷裏鑽，像是在尋求庇護似的，李龍三的疑惑愈發深了。

這時，高倩從別墅裏走了出來，「你們在幹什麼呢？」

林東回頭一笑，「我在跟阿虎道歉呢。」

「道歉？道什麼歉？」高倩不解的問道。

李龍三抬頭道：「倩小姐，阿虎吃醋了，你不該在牠眼前挽著林東的。」

「明白了嗎？」林東呵呵笑道。

高倩微微一笑，朝阿虎走去，蹲下身來，摸了摸牠色澤明亮的皮毛，阿虎很快就舒服的哼哼了起來。

李龍三站了起來，走到林東身邊，笑道：「這傢伙，真是重色輕友！」

「阿虎乖……」

高倩在阿虎耳邊說了一會兒的話，阿虎眼中的敵意漸漸轉淡了，不過看上去依舊在防備著林東，似乎很害怕他。

「倩，我能不能上去摸摸牠？」林東瞧著這牛犢子般大的獒犬，這輩子只接觸過鄉下的土狗，還沒摸過這種純種的藏獒犬，很想上去摸一摸。

高倩心想有她看著，阿虎應該不會傷人，說道：「你慢慢走過來，我看看阿虎的反應。」說完，摸著阿虎的腦袋，低聲對牠說些什麼。

林東小心翼翼的朝阿虎走去，每一步都走得非常緩慢，他眼睛盯著阿虎，心裏也是七上八下。這獒犬犬牙鋒利，若是被牠咬一口，那不是掉一塊肉那麼簡單的，很可能連骨頭都被咬斷了。

阿虎瞧見林東靠近，忽然齜起了牙，嘴裏發出低吼的聲音，不過卻是往後緩緩的退去。

「不好，阿虎齜牙了！」李龍三驚叫一聲。

高倩也發現了阿虎的異樣，慌忙朝林東揮手，「退回去，不要靠近。」

林東聞言，快步朝後面退去，遠離阿虎的攻擊範圍。他生於農村長於農村，村裏家家戶戶都養狗，那些土狗雖然不能與身分尊貴的獒犬相比，但畢竟都是狗類，他很清楚狗齜牙意味著什麼，意味著對來犯者最大的敵意，意味著要發起攻擊！

林東驚了一身的冷汗，再也沒有去摸摸阿虎的想法了。

李龍三皺著眉頭，阿虎為什麼會往後退？要知道獒犬生性兇殘好戰，即便是遇上比牠更強大的對手也不會後退，為什麼遇到了林東，阿虎會有這種反應？他腦中仔細回憶起剛才阿虎的反應，猛然發現，那根本不是要攻擊的表現，而是在防禦！

阿虎是害怕林東對牠發起攻擊！

天吶！

純種的藏獒犬怎麼會害怕一個手無寸鐵的人類？

高倩好不容易把阿虎安撫了下來，此刻阿虎剛才全身炸起如鋼針的毛又軟了下來，拖著鐵鏈子進了牠的狗屋。

高倩走了過來，對李龍三說道：「三哥，阿虎是不是生病了？你找大夫來看看，剛才的反應很不正常。」高倩沒有李龍三想得多，但也能看得出阿虎的反常，阿虎一向很聽她的話，即便是家裏來了陌生人，只要她說一句，陌生人也可以摸一摸阿虎。

她家的這隻獒犬很通人性，能聽得懂她說的話，以前也有朋友想摸一摸，阿虎並未有今天的這種反應。

李龍三笑道：「倩小姐，或許真的是阿虎吃醋了。」

高倩朝他白了一眼，「你找獸醫過來看看，如果阿虎沒問題。你張羅著再去弄一隻母的回來給牠作伴。」

李龍三點點頭，「這主意我看不錯。」

高倩朝林東笑道：「不好意思，我起來晚了，走，吃飯去吧。」

林東驚魂甫定，跟著高倩進了別墅，在客廳裏吃完早飯。

高五爺一早就出去了，吃完早飯，林東無需去跟他道別，高倩說想在家休息一天再回公司，所以林東就一個人開車離開了高家。林東並沒有發現高倩的鬱鬱寡歡，只以為她是累的，卻不知高倩此刻的心裏有多複雜。

第七章 設計抉擇

作為一個晚輩，唐寧公然發出對前輩的職責，

不僅讓莊梅和她的同事皺緊眉頭，林東也覺得這年輕人太輕狂了。

聽了唐寧剛才的陳述，

他這才明白為什麼剛才騰龍公司的設計只能讓他欣賞卻不能打動他，

騰龍公司的設計，如果是放在商品房上面，那絕對是很棒的設計，

但放在公租房上，顯然就太過華美與昂貴了。

直到中午，林東才到了公司。他一進辦公室，周雲平就把他叫住了。

「老闆，有個穆小姐找你，在會客室等你好久了。」周雲平不認識穆倩紅，不知道穆倩紅是林東另一個公司的員工，他第一眼見到穆倩紅的時候，又被驚豔了一把，心中感歎又一個美女來找老闆，而他的女神又在哪兒呢？

「倩紅來了。」

林東走進會客室，穆倩紅正坐在那兒。

「倩紅，你來之前幹嘛不跟我說一聲，害得你苦等那麼久，不好意思啊。」

穆倩紅站了起來，「那天說好了一兩天就過來的。林總，我也沒想到你不在公司。」

林東道：「咱倆就別在會客室了，走，去我辦公室聊吧。」

穆倩紅跟著林東進了他的辦公室，周雲平很快的送來了茶水。

「什麼時候到的？」林東問道。

穆倩紅道：「昨晚到的。」

「我昨天在蘇城，早上下大雪了，路不好走，開了半天車才到這裏。對了，你現在住哪兒？」林東猛然想起穆倩紅的住房問題還沒解決。

穆倩紅道：「暫時住酒店，我想儘快租一套房子。」

「這個你不用費心了，房子公司來幫你租。」

林東想到陶大偉家有不少套房子，如果租他家的房子，或許能為陶大偉創造點機會。

「你來溪州市工作，大偉他知道嗎？」

穆倩紅道：「知道，昨天晚上還請我吃了頓飯。」

林東聽了這話，心想二人應該發展得還算不錯，笑道：「這都中午了，還沒吃飯吧，咱倆一塊吃頓午飯。」

他把周雲平叫了進來，「小周，你去樓下食堂要幾個菜上來，我中午和倩紅就在辦公室裏解決。」

周雲平一點頭，朝穆倩紅道：「不知道穆小姐什麼口味？」

穆倩紅笑道：「我什麼都行。」

周雲平朝林東看去，林東補充了一句，「清淡些吧。」

周雲平出了辦公室，直奔食堂去了。

穆倩紅跟林東彙報道：「投資公司那邊的事情我已經安排好了，我想就算我不在那裏，公關部的丫頭們也一定能做得很好。」

林東笑道：「那邊的事情我一點都不擔心，這裏則是個爛攤子。人數是投資公司的幾十倍，人越多越難管理，而且人心不齊，總有扯後腿的人。前不久金河谷在溪州市搞了一個地產公司，你應該已經聽說了，就在咱們公司的對面，整天跟我搞對台戲，從我這裏挖走了不少人。」

穆倩紅從林東臉上看不出一絲的悲觀，笑道：「林總，我想金河谷算是幫了咱們一個大忙，不忠心的留在公司也無用。少一個人就少一張吃飯的嘴，這樣很好啊。」

林東呵呵一笑，「真是瞞不過你，我也是那麼想的。金河谷以為自己威風了一把，實則是替我解決了一個大麻煩。現在公司的財政狀況很不理想，收支嚴重失衡，我早有了裁員的想法，但一直顧忌裁員影響太壞，可能會打擊很多人的積極性，所以一直擱置沒辦。而金河谷恰恰在此刻出現，著實幫我解決了個大問題。我承認離開的人當中有不少是有本事的，有幾個還是公司的高層主管，但那只是一小部分，多數都是公司的寄生蟲。」

「我的前任據說是個很有能力的人，她過去了，你不覺得可惜嗎？」

林東微微一笑，沒有說話。

過了一會兒，周雲平帶著幾個飯盒回來了，拿到了辦公室右邊的茶几上。

「老闆，四菜一湯，你們慢用，我出去了。」

「倩紅，走，吃飯吧。」

林東請穆倩紅到旁邊的茶几上坐下來，打開飯盒，菜香撲鼻而來。他瞧見今天的菜，就知道一定是食堂今天又給他開小灶了，而他卻不知這是周雲平的主意。

周雲平到現在還不知道穆倩紅的身分，心想如果是客人，那林東怎麼也不會請她吃食堂的，想了一想，只當二人是朋友關係。他到了食堂，就對大廚說了，讓大廚整幾個清淡些的菜，說是老闆要招待朋友。大廚聽說是老闆要的菜，不敢怠慢，把食堂裏最好的材料拿了出來，毛大廚親自上陣，炒了色香味俱全的四個菜。

穆倩紅看到眼前的幾個菜，笑道：「林總，咱們食堂的飯菜不錯嘛。」

林東笑道：「其實沒這麼好的，估計因為是我要的，所以給我開的小灶。」

二人邊吃邊聊。

「下午我讓周雲平帶你去公關部，你先熟悉一下環境。公關部走了不少人，如果覺得人手不夠，你可以自行招募。過段時間我準備開一個中層領導以上的會議，到時候再向公司領導層介紹你。」

穆倩紅道：「我之前瞭解了一下金鼎建設的現狀，現在公關部應該不是很忙。」

「馬上就會忙了，溪州市打算搞一個兩百萬方的公租房。這專案我志在必得！

倩紅，是你大展身手的時候了。」林東臉上難掩興奮之色，公租房專案在他眼裏就像是餐盒裏的一塊肉，誘人嘴饞。

「新的公司，新的城市，這對我來說是個挑戰！我在溪州市有點人脈，得趁早聯繫起來。」穆倩紅道，一上任就有重任，這正是她所期待的。

林東把周雲平叫了進來，對他說道：「小周，介紹你認識一下，這位就是咱們公司新來的公關部的主管穆倩紅。」

「周秘書你好。」

穆倩紅站了起來，笑著伸出了手。

周雲平號稱女人絕緣體，看到了穆倩紅伸出來的纖纖素手已然心神蕩漾，一時間情難自禁，只覺嗓子乾澀，激動的握住了穆倩紅的手。

「穆小姐，咱們走吧，公關部在十二樓，我帶你過去。」

周雲平顯得無比的熱情，確定這個女人和老板沒有感情糾葛，心裏反而期待著能與她碰出點火花。

穆倩紅一點頭，與周雲平並排而行。

「周秘書，以後你叫我倩紅吧，大家以後就是同事了，沒必要太拘謹。」

「哎，行，那你以後也別叫我周秘書了，叫我雲平或是小周。」

「我看我還是叫你周秘書吧。」

周雲平離開了一個多小時才回來，一回來就進了裏間林東的辦公室，開口問道：「老板，我才知道倩紅她是你在蘇城的投資公司的員工，對了，她有對象嗎？」

看得出來，周雲平一臉的興奮，林東笑問道：「小周，難不成你想給倩紅介紹對象？」

周雲平感情方面還是張白紙，豈敢直露心跡，說道：「老板，沒別的意思，我就是問問。」

林東道：「她好像正在和一個警察接觸，具體發展到哪一步了，我不太清楚。」

周雲平聽了這話，一臉的失望，「我出去做事了。」

林東想到陶大偉，想到要給穆倩紅找房的事情，就給陶大偉打了個電話，電話很快就接通了。

陶大偉昨晚和穆倩紅一起吃了晚飯，已經知道了穆倩紅要到金鼎建設工作的事情，以後就處在同一個城市了，陶大偉很興奮，這無疑大大增加了他與穆倩紅接觸的時間。

電話一接通，陶大偉就在電話裏說道：「林東，別的不多說了，你真的夠兄弟。」上次二人一起吃火鍋的時候，林東說過要把穆倩紅安排來溪州市工作，當時他只當是林東說著玩的。

林東笑道：「大偉，有個事情想請你幫忙。是這樣的，倩紅她初到這裏，想在這兒租個房，你家不是有幾套房嘛，有沒租出去的嗎？」

「有、有……」陶大偉一連說了一串「有」字，「離你們公司還不算遠，那房我媽原本是打算給我做婚房用的，可惜我不爭氣，到現在還是光棍一個，所以那房就一直空著。這套房也是我家最好的房，精裝修，裏面電器也都是新的。林東，你跟穆倩紅說一聲，那房我租給她了。」

林東道：「我沒讓倩紅知道租了你的房，她的租房問題是公司解決的，你什麼時候有空，我讓人把合同跟你簽了。」

陶大偉哈哈笑道：「兄弟，你開什麼國際玩笑，一來這房是你租的，二來是租給穆倩紅的，論哪點都不帶跟你談錢的。我想暫時還是別讓穆倩紅知道了，你讓她搬進來住就是了，這兩天我就把鑰匙給你送過去。」

「好，就當我占了你一次便宜，也說不定以後那房真的成了你倆的婚房了。」

林東笑道。

陶大偉聽了這話，高興的哈哈大笑，「好，借你吉言。」

掛了電話，沒隔幾分鐘周雲平就進來了，對林東說道，「老板，設計公司的人過來了。我安排他們在會議室等你，現在過去嗎？」

林東點了點頭，去了會客室。

周雲平這次請了兩家設計公司的過來，一家是溪州市當地成立最久最富盛名的設計公司，承接了許多大專案，包括市政府大樓的設計。另一家相對而言資歷要小很多，成立不到兩年，公司是一群八零後的年輕人所成立的。

林東走進了會客室，每家公司派了兩個人過來，都是一男一女。

周雲平介紹了一下，說道：「林總，右邊的這兩位是騰龍設計公司的代表，左邊的這兩位是萌芽設計公司的代表。」

林東目光在兩撥人身上打量了一下，右邊騰龍公司派過來的兩個人年紀較大，年紀都在四十歲以上，看上去成熟穩重，左邊的兩個人看上去與自己的年紀差不多大，穿著隨意，一眼看上去就知道沒為此特別準備什麼，有著年輕人的率性。

四人分別和林東打了招呼，林東請他們坐下。

「各位好，我叫林東，很高興認識各位。咱們閑話不多說，我想聽聽各位所代表的公司對這個兩百萬方公租房專案的看法。」林東說完朝騰龍公司的代表看去，騰龍公司是溪州市最知名的團隊，有過很多成功的設計方案，林東很想知道他們對這個專案的看法。

騰龍公司的兩個代表互相看了一眼，由那個女的發言。

「你好林總，很高興能參與貴公司此次的專案，下面我代表騰龍公司來向您展示咱們最優秀的設計團隊所拿出的方案。」

這女的名叫莊梅，雖然已經年過四十，但說話的聲音卻非常好聽，她將所帶來的幾套設計方案給了林東，並詳細的向林東解釋了具體的細節問題。

看了騰龍公司幾套不同風格的方案，林東很欣賞他們的設計，不愧是溪州市最富盛名的設計公司。騰龍的每一套設計都有一個共同點，那就是美！

林東問了一句：「莊女士，請問你們設計每套房的面積大概是多大？」

莊梅很快回答了問題：「林總，我們設計的每套房面積在九十平方左右！」

林東笑了笑，沒有多說什麼：「你們的方案我看過了，很優秀，我很欣賞。」轉而對左邊的兩個年輕人看去，「哪位來介紹一下貴公司的設計方案？」

「那就我來吧！」

二人當中的那個黃髮的年輕男開口說道，「林總你好，我叫唐寧，是萌芽設計公司的主設計師，這次的方案是我與我的所有同事共同創造的。因為專案還沒有選好地址，所以我們無法拿出具體的設計方案，下面我將說說我們團隊對此的看法。為了這次設計，我們公司所有人員親自跑工地，跑家政公司，總共採訪了上百名外來務工人員，問了他們對公租房有什麼設想。他們的一致回答是，有房住就可以！針對這一點，我和我的同事一致認為，能在有限多的土地上造出更多的房就是最好的方案，讓更多的外來務工人員在城市裏擁有自己的住所，在城市裏有一個自己的家，我想這也是政府興建公租房最應該考慮的。剛才騰龍公司的前輩說了，他們將每套房的面積定在九十個平方左右，我很不認同這個創想。」

作為一個晚輩，唐寧公然發出對前輩的職責，這不僅讓莊梅和她的同事皺緊了眉頭，林東也覺得這個年輕人太輕狂了。

聽了唐寧剛才的陳述，他這才明白為什麼剛才騰龍公司的設計只能讓他欣賞卻不能打動他，騰龍公司的設計，如果是放在商品房上面，那絕對是很棒的設計，但放在公租房上，顯然就太過華美與浪費了。

「唐寧，那你認為多大合適呢？」林東問道。

「九十平方的一半，四十五平方左右，最大不能超過五十平方。試想一下，由九十到四十五，原來的一套房就可變為兩套，這足可以讓多一倍的人住進公租房內，這樣做才對得起公租房民心工程的稱號。」

唐寧繼續滔滔不絕的說道，絲毫不理會對面騰龍公司兩名代表難看的臉色，「在我們採訪的很多外來務工人員中，很多都是兩口子一起到城市來的，最多還帶著個孩子，我想四十五平方的房，應該夠兩個人住的了，再加上一個孩子也沒問題。試問騰龍公司的前輩，你們不覺得九十平方太過浪費了嗎？」

面對唐寧咄咄逼人的氣勢，莊梅和她的同事被駁得啞口無言，過了好一會兒，莊梅才想到了反駁對方的一條理由，「公租房代表的是政府的形象，更多的意義上政績工程，我想市裏的領導應該不會同意把房造得太寒酸！」

林東點了點頭，莊梅說的很有道理。能否拿下這個工程得由市裏領導說了算，而這屆政府領導林東並不怎麼了解，到底是務實還是務虛，這對他選擇方案很重要。

「我並不同意你的觀點，房造得不好看不大就沒面子？就沒有政績了？我認為大錯特錯。如果我是市宣傳部的頭頭，我大可以作一篇專題報導，讓住進公租房內的外來務工人員來說話，說出他們的感受，口碑就是成績，到時候輿論上造勢，溪州市的民心工程將很有可能被樹為典型，全國其他地區會爭相效仿。這政績我覺得不會太小！」唐寧反應極快，針對莊梅的問責，他幾乎沒有思考就說出了辯駁的理由。

莊梅氣得歪過了臉去，唐寧鋒芒畢露，每一句話都針對她，偏偏又能將她駁得啞口無言，在一個晚輩面前丟臉，這令她顏面掃地，很後悔今天到這裏來。

這時，一直沒說話的騰龍公司的崔顥開了口，說道：「林總，我們騰龍公司參與過本地很多個政府專案，有過很多成功的案例，這都是不爭的事實，我只想說一點，我們有成功的經驗，比起一些不知天高地厚的小公司要可靠很多，交給我們，您可以高枕無憂！」

「崔先生說得沒錯，我也希望能與騰龍公司合作的機會，說實話，二位帶來的設計方案非常的棒，但遺憾的是並不適合此次的這個專案。我希望下一次金鼎建設開發樓盤的時候，貴公司能帶著更優秀的方案過來。」

林東婉言表明了他的傾向，崔顥和莊梅的臉色有些暗淡，輸給了幾個八零後的小公司，這傳出去可要讓溪州市的同行們笑掉大牙了，好在林東很照顧他們的面子，沒有說他們的設計方案差，只是說不適合這次的專案，還表明了希望日後能有機會與他們合作，這多少為他們挽回了一點面子。

「林總，打擾了，那我們先走一步。」

崔顥和莊梅知道這裏沒他們什麼事情了，也實在不願意留下來看唐寧那囂張跋扈的臉色，於是就起身告辭。

林東起身送他二人到了門口，崔顥停下了腳步，笑道：「林總留步，期待下次與您合作。」

林東與二人握了握手，轉身回了會客室。

唐寧和他的同事朱秀寧臉色難掩興奮之色，這可說是他們的設計公司成立以來最大的一筆生意了，他們擊敗了騰龍公司這個強勁的對手，實在是太令人振奮了。

林東坐了下來。「看得出來你們的團隊很用心的做這個專案，恭喜你們。」

唐寧激動的說道：「林總，我們的團隊都是外地人，因為喜歡這座城市，大學畢業之後就都留在了這裏，因為相同的愛好使我們走到了一起，成立了萌芽設計公司。我們在這個城市也屬於外來務工人員。我們對公租房的看法與那些在這座城市有房子的人會很不一樣，我們知道公租房的意義在於什麼，我們瞭解外來務工人員的需求，我認為這是我們強於他們的地方。」

林東點了點頭，他開始有點欣賞唐寧這個年輕人了，笑道：「唐寧，你或許還不知道，這個專案我還沒有拿下來，今天聽了你們的方案之後。我覺得我拿下這個項目的勝算至少多了三分。不管怎麼說，即便是我競爭失敗了，也不會讓你們白忙活，馬上將會有十萬塊錢打到你們公司的賬上，如果這個專案成功被我拿下，還有二十萬的獎金給你們。」

唐寧和朱秀寧互相看了一眼，十萬塊的設計費，這可是他們單筆最大的進項了，差不多和公司創立兩年來之前所有的收入加起來一樣多，如果再加上那不知道能不能到手的二十萬。對他們的團隊而言，那簡直就是一筆天文數字了！

「林總，那我真的得預祝你神擋殺神佛擋殺佛，成功拿下公租房專案了！」唐寧由衷的說道。

林東笑道：「承蒙你吉言，希望能如你所說。」

一直沒有開口說話的朱秀寧說道：「林總，你那麼大的公司能給我們這種小公司機會，足以證明您與其他的老闆不同。我想您一定能夠戰勝所有對手的。」

經朱秀寧提醒，林東心裏忽然想到一個問題。周雲平是怎麼找到這家小公司的？在溪州市業界，萌芽設計公司名不見經傳，他甚至都不知道有這樣一家公司存在。周雲平又是如何知道的呢？

林東並沒有當場問唐寧和朱秀寧，說道：「麻煩二位回去儘快將方案落實。雖然現在地址還沒有定好，我想有許多事情已經可以開始做了。」

唐寧道：「林總放心，我們會的，其實我有一個想法，既然這次政府那麼著急建公租房，肯定不會通過拆遷來徵地，而且公租房應該不會偏離市區太遠，應該在城區周圍。兩百萬方的面積很大，城區內能有那麼大面積的空地應該不多。」

林東腦中靈光一現，很佩服唐寧的判斷力，「唐寧，我明白你的意思了，我會儘快找出可能性的幾個地方，做到占盡先機。」

「林總，你貴人事忙，我們也不打擾你了，告辭了。」唐寧二人起身告辭，林東將他們送到了門外。

回到辦公室之後，林東就把周雲平叫了進來，笑問道：「小周，你是怎麼找到萌芽這家小公司的？」

周雲平早知林東會有此一問，也沒打算瞞他，說道：「林總，唐寧是我讀研究生時候同一個學校的學弟，他很有天賦，我知道他很有才華，所以就擅自做主邀請他的公司參與設計公租房的方案了。我知道這樣做屬於徇私，老闆，我願意接收處罰。」

林東道：「你徇私很不應該，念在你這次歪打正著，我就不處罰你了，下不為例。唐寧的確是個很有才華的年輕人，我很欣賞他身上天不怕地不怕的骨氣，只要他的方案好，我很願意給這種年輕人機會。」

周雲平呵呵笑了笑，「林總，唐寧貌似和你同齡，你一口一個年輕人，這算是誇他呢，還是誇自己呢？」

「你這傢伙！」林東笑了笑，說起了正事，「剛才唐寧的一席話給了我很大的啟示，市裏對公租房的專案非常著急，應該不會選擇拆遷徵地，同時公租房的選址應該不會偏離城區太遠，我估計在城區邊緣的地方很有可能。你馬上安排人去調查調查，看看城區內哪裏有兩百萬方的空地。」

周雲平收起了笑容，說道：「明白，那我現在就去安排。」

下午下班之後，林東沒有去柳枝兒那裏，而是去了他在溪州市的別墅裏。別墅經過高倩的打理，裏面已經煥然一新。所有的傢俱都是新買來的，比較符合時下流行的潮流。

高倩接下來應該會常住在溪州市，林東心想那他與柳枝兒和楊玲的接觸就要小心了，如果出了紕漏，那很可能高倩就會鬧個天翻地覆。他熬了米粥，粥熬好了之後，才想起沒有下飯的小菜。

廚房的冰箱裏什麼都沒有，他只好出去買。

別墅區內沒有超市，林東開車找了一會兒才在附近看到一家小超市。買了幾包榨菜，順帶著買一些日常用品回去。

回到了家裏，碗裏的米粥已經涼了，他只好重新盛了一碗，就著榨菜喝了兩碗米粥。吃過晚飯之後，他想起對這個別墅區還不太熟悉，有心出去逛逛。洗刷了鍋碗，就離開了家。

外面的天色已經黑透了，社區內燈火輝煌，道路兩旁有明亮的路燈，就連旁邊的綠化帶裏也有燈光照明，綠色的光線藏在草叢裏，藏在樟樹下。林東沿著門前的路漫無目的往前走著，當作散步，一邊走一邊思考問題。

公租房他做好了完全的準備，唯一的不足就是在溪州市立足未穩，無法與財雄勢大的金家比人脈，也無法與萬盛建設比根基，就怕這兩家在暗地裏使陰招。他很瞭解現在的社會，有本事不如有關係，領導人的一句話就能讓他所有的努力與付出全部白費。

盡人事安天命，林東思來想去，也只能得出這個結論。

別墅區不算太大，一共有兩百套別墅。林東逛了一圈，差不多半個小時就逛完了。

往回走的路上，在離家不到三百米的地方，感覺腳下踢到了一個東西。停下來一看，原來是一串鑰匙。

林東俯下身去，把這串鑰匙撿了起來，放在手裏一看，這串鑰匙很乾淨，應該是剛遺落不久。林東拿著鑰匙，心想鑰匙的主人應該不久之後就會過來找。

他站在那裏等，過了半個小時還沒來，冷風吹得他渾身冰冷，只好站在原地蹦躂，借此來使身體熱起來。又過了好一會兒，林東身上已經出了汗了，只見一個身材中等的中年男人走了過來，那男人一直低著頭看著地上，那模樣像是在找些什麼。

走到林東人前，看了看他的腳下，又匆匆往前走去。

「先生等一等。」林東從後叫了他一聲，「請問您是不是丟了東西了？」

那人停下了腳步，轉身道：「對、對，我剛才散步把一串鑰匙丟了，到了門口拿鑰匙開門才發現鑰匙沒了，找了一路都沒找到。小夥子，你看見沒？」

林東攤開了手，「請問這串是你的鑰匙嗎？」

那人高興的拍了一下手，「對，就是我的鑰匙，小夥子，多謝你了。」

林東把鑰匙送到那人手中，「物歸原主，好了，我終於等到它的主人了，沒我的事了，再見了。」

林東走出沒幾步，那人就跟了上來，笑問道：「小夥子，你也住這兒？」

林東知道這中年男人也住在這兒，可以算是鄰居，笑道：「是啊，我住八十號，你呢？」

「哎呀，太巧了，我住七十八號，咱兩家中間只隔了一家啊。你拿著鑰匙等我多久了？」中年男人問道。

林東隨口說道：「大概五十分鐘吧。你要是再不來，我可就走了。風太冷，凍得我只能原地蹦躂。」

說話間就走到了七十八號的門口，那人停住了腳步，笑道：「小夥子，咱們是鄰居，我害你受凍，如果不嫌棄，到我家喝杯熱茶怎樣？」

林東覺得這人挺有禮貌，人看上去也挺正派，笑道：「老哥如果不怕打擾，那我就恭敬不如從命了。」

「客氣啥，走，到大哥家喝茶去。」

中年男人十分的熱情，拉著林東走到了門前，拿出鑰匙打開了門，把林東請了進去。

林東一進門沒看到其他人，房子裏靜悄悄的，問道：「大哥，那麼大的房子就你一個人住啊？」

中年男人說道：「可不是嘛，單位裏安排的，我老婆孩子都在別的城市。我剛到這裏不久，他們娘兒倆估計還得有個把月才能過來。」

林東心中暗道，不知道這大哥是什麼單位的，安排這麼好的別墅給他一家住，不會是某跨國集團在溪州市分部的老總吧？他如是想。

「別站著啊，趕緊坐。」中年男人把林東請進了客廳裏，讓他在客廳的沙發上坐下來。

「小夥子，我姓胡，你就叫我胡大哥好了。」

林東笑道：「胡大哥，我姓林，你叫我小林就可以了。」

胡國權去泡了茶，然後回到了客廳裏，對林東說道：「聽你的口音，說話吐字比較有力，應該不是本地人吧？」

二人以普通話交流，胡國權也能聽出他不是本地人，證明胡國權看人有些門道。

「不瞞胡大哥，我家是山陰市懷城縣的，的確不是本地人。」林東笑道。

「家裏是做什麼的？」胡國權感興趣的問道，林東那麼年輕，但住在那麼好的別墅區內，估計多半是富商之子。

林東不知胡國權為什麼像查戶口似的問他，答道：「我爹媽都是農民。」

胡國權一臉訝然，心知是他看走眼了，「了不起啊！小林，看來我該問你是幹什麼的了，那麼年輕就能在這裏買房，肯定有本事。」

林東笑道：「胡大哥，我自己弄了兩公司，一個還算賺錢，另一個則還在賠錢，不過我想過不了多久就能扭虧為盈了。」

胡國權忽然話題一轉，說道：「眼下正值國民經濟轉型期，你作為民企法人，對此有什麼看法呢？」

林東不禁抱怨起來，雖然眼下的經濟轉型並沒有給他的公司帶來多大的影響，但很多民營企業關門了是事實，略帶怨氣的說道：「我能有什麼看法？國家哪管咱們小公司的死活。整天喊著產業升級，優化國民經濟結構，但這些對於本小利薄的大多數民營企業來說都是虛的。我們關心的是轉型能否給中小民營企業減負！」

胡國權看著林東，這個年輕人前一分鐘還是和和氣氣的樣子，但一談論起產業結構優化升級，似乎就有無窮無盡的苦水，轉而變得苦大仇深。胡國權是一名學者，多年來一直研究政治公共管理這一塊，名聲享譽國內外。年紀只有四十五歲，可以說是年輕有為，因而受到國家重用，被選派來到溪州市任職副市長，剛到這裏沒幾天，還沒有正式上任。

胡國權有個習慣，就是喜歡在行走中思考，所以散步就成了他每天必須要做的事情。雖然剛到溪州市沒幾天，但他也沒有把老習慣丟掉，每天晚上都會出去散步，今天因緣巧合，散步的時候丟掉了鑰匙，恰好被林東撿了。

林東撿了鑰匙之後，為了把鑰匙還給失主，在寒風中等了四五十分鐘，這令胡國權頗為感動。

在大學任教的時候，胡國權一直是「親民派」的代表人物，很喜歡與學生們交流，他見林東的年紀與他有些研究生學生差不多大，加上到這裏的幾天就待在家裏，應付的都是官面上的一些人，憋了一肚子的話想要說出來，見林東長相正派，便把他請到了家裏。

「小林，你說到減負，那該如何減負呢？」胡國權問道。

林東張口說道：「胡大哥，這太簡單了，不加稅就是對民企的減負了，我連期待國家減稅都不期待，只希望國家別再巧立名目來徵收這樣那樣的稅收。咱們民營企業比不上國企，更別說那些壟斷性的國企了。咱們的每一分錢都是從自己兜裏掏出來的，中小民企現在百分之八十日子都過得艱難，而國企卻頻頻爆出購買天價酒和奢華裝修的事情，相比之下，民企曝光最多的就是哪裏的老板跑路了，哪裏的企業倒閉了。不是萬不得已，誰願意背井離鄉跑路？誰願意看著廠子倒閉？」

胡國權呵呵笑了笑。倒了杯茶給林東，「小林，喝杯茶暖暖身子，消消火。」

林東喝了口茶，只覺這茶清香撲鼻，茶香馥郁。喝一口神清氣爽，唇齒留香，問道：「胡大哥，你這茶叫什麼，哪來買的？」

胡國權搖頭笑道：「不瞞你說，這茶叫什麼我真的是不知道，哪裏買的我也不清楚，是別人送的。」

胡國權對茶葉沒有什麼研究，平時一般都喝白開水，只有招待客人的時候才會泡茶。這茶是他當天到溪州市的時候市府辦公室的人送過來的。除了茶葉之外，還有幾箱子生活用品。

「你這是好茶啊。」

林東覺得這個胡國權處處透露著神秘感，雖然沒法知道他的身分，但有一點卻是他可以肯定的，胡國權身分尊貴，不是一般人。

「小林，你對溪州市熟悉嗎？」胡國權問道。

林東笑道：「應該還算熟悉，胡大哥，你是有什麼地方找不到還是怎麼的？」

胡國權笑道：「不是不是，我是想了解一下這個城市，這是我的習慣。每到一個地方都想了解一下這個地方的情況。你能跟我說說溪州市的情況嗎？」

這倒是有些難為了林東，畢竟他來溪州市也不算太久，了解的只是皮毛的東西，索性信口開河，說道：「胡大哥，我說了你別覺得我這人淺薄啊，溪州市是典型的江南富庶之地，與蘇城毗鄰，但與蘇城卻大為不同。蘇城開放性程度可以說是江省十三市當中最高的，有許多世界各國知名公司都在蘇城有分公司，各種經濟思想和文化的交流沖擊，使得蘇城的保守程度最低，文化的兼容性與複雜性最高。而溪州市不同，雖然經濟情況在全省僅次於蘇城，還排在省城之前，但這座城市境內的外資企業少，不過當地的老百姓大多數家境富裕。

「就說鄉下的一些村莊吧，每家每戶基本上都有個小作坊或者是小工廠，靠著祖上傳下來的技藝，吃喝不愁，每年有個一兩百萬收入算是少的了，搞得好的人家有三四個廠子，每年收入上千萬。與蘇城相同的是，溪州市的外來人口同樣很多。我記得應該是這個數據，蘇城有一千五百萬人，其中有一千萬是外來人口，溪州市人口少些，應該是一千三百萬，有八百萬是外來人口。

「蘇城的外來人口多半是給外資企業打工，溪州市的外來人口則有很大一部分給我剛才說的家庭小作坊、小工廠打工。這樣就產生了一個問題。在蘇城，大部分的外資企業都建有宿舍，所以在裏面工作的外來務工人員不需要自己租房子，而在溪州市，在小作坊、小工廠裏幹活，根本就沒有給房子住的說法，所以在溪州市隨處可見房屋租賃信息。」

林東一口氣說了一大通話，胡國權邊聽邊點頭。

「胡大哥，我隨便說說，其實我對溪州市的了解僅限於皮毛，讓您見笑了。」

胡國權擺擺手：「小林啊，你太謙虛了，你剛才的話，無意中指出了一個相當

嚴重的問題啊。溪州市有那麼多外來人口，他們過著居無定所的生活，這樣會降低他們對這座城市的認同感，讓他們缺乏歸屬感，這對一個城市的長久發展相當不利。外來務工人員，俗稱『農民工』，他們是一支龐大的隊伍，擁有難以估計的力量，他們對城市的影響力甚至超過了祖祖輩輩生活在這座城市的人！當政者決不能忽視農民工的存在，應該想方設法讓農民工認同這座城市，讓農民工產生歸屬感，讓農民工熱愛這座城市，甚至讓農民工把這座城市當成自己的家鄉！」

胡國權說的一套一套的，林東聽的一愣一愣的，不過卻不得不佩服胡國權剛才的話，與他的野路子相比。胡國權所說的話句句在理，理論性很強，讓林東有種感覺就像是作報告似的，看來胡國權方才的話並不是剛想出來的，而是經過長久的深思熟慮的。

「胡大哥，你太厲害了，你對農民工與城市的關係研究得很深很透徹啊。」林東贊嘆道。「如果由你來主政一方，那老百姓可就有福嘍。」

胡國權道：「小林，你想得太簡單了。我剛才的話多半帶有一些書生意氣，而治理地方與做學問是迥然不同的兩碼事，能做好學問的人多半玩不好政治。書生誤國，這句話自古有之，相信你也聽說過吧。」

林東看著胡國權，有一瞬間，他從這個中年男人身上看到了大學時候一個喜歡談論政事針砭時弊的教授的影子，他們擁有某種很相似的氣質。

「胡大哥，我可否問你一個問題？」

胡國權笑道：「咱們是朋友之間談話，沒那麼多可拘謹的，想問啥就開口。」

林東笑道：「咱假設一下，如果你是當政者，如何解決上述你說的農民工的歸屬感問題？」

胡國權無需思考。這些事情都是縈繞在他腦子裏很久了的問題，早已經過千萬次思考，說道：「解決好三個問題，就能讓農民工對城市產生歸屬感。第一，住房問題。以絕大部分農民工的收入，在這個房價高漲的時代，肯定是買不起房子的，所以該如何解決住房問題呢？那就是興建公租房！以政府出地出資，如果政府沒錢，還可以拉企業贊助。公租房以低於市場的價格租給農民工，讓農民工可以住得起。並且政府承諾，只要人還在這座城市，那麼就絕不收房。對城市有特殊貢獻者，還可將房子獎勵出去。只要解決了農民工的住房問題，我想農民工對這座城市的歸屬感就會很高了。

「第二，教育問題。現在許多農民工是帶著孩子在城市裏打工的，入學難、入學貴，這讓許多農民工子弟上不了學，也令大部分農民工感到沮喪。針對這個問題的解決方法是敞開學校大門，取消入學的戶籍限制，降低收費標準。我不建議興建什麼農民工子弟學校，把農民工的孩子集中到一塊，這不就是告訴他們，你們是農民的孩子嗎！這很可能造成他們從小就自卑的心理。孩子是天真的，應該從小就讓城裏人的孩子和農民工的孩子在一起讀書交流，從小培養他們的感情，模糊身分的界限。我想如果可以這樣，從娃娃們做起，再過十幾二十年，城市裏將不會有農民工這個稱號，農民工的社會地位也將顯著提高。因為城裏人的孩子們看到農民工，會知道那是他們朋友的爸爸媽媽，會上去叫一聲『叔叔』、『阿姨』，我是多麼期待能夠看到那一天啊！

「第三，醫保問題。在我國，大部分農民工都是沒有簽訂勞動合同的，除了拿到工資之外，其他福利一概沒有，而與農民工切身利益相關的就是醫保問題。現在的醫院收費太高，就連許多城裏人都看不起病，就更別說城市的弱勢群體農民工了。大多數的農民工生了病是扛著撐著，捨不得花錢買藥，更捨不得去醫院看病，這樣很容易造成病情惡化。等到實在扛不住的時候，去醫院一查，說不定就是得了大病，甚至是癌癥晚期。這樣的例子實在是太多了。針對這個問題，行之有效的方法就是建立健全農民工醫療保障制度！

「如果能妥善的解決上述三個問題，我相信農民工一定會把城市當做自己的家。城市的發展也一定會更快更好，社會也會更和諧！」

林東掏出了煙，胡國權剛才的長篇大論激起了他心中的良知，他就是農民的兒子，深知農民在這個社會所遭受的苦難，一直以來也很想為農民做些什麼。他猛然發現，他一個人即便是再有錢也無法改變目前農民工的狀況。他可以捐一個億。甚至更多，而錢卻不是解決問題的方法。

社會觀念不改變，制度不改變，農民工作為社會弱勢群體的身分就難以改變。

很多時候，作為一個商人，林東太多的把目光放在了金錢上面，他考慮問題大多數的出發點是從金錢角度出發。的確，他可以找來吳老大和胖墩，給他們帶來的人開出高工資，給工友們好的居住環境和伙食，但他照顧到的也僅僅是一兩百人。

他這才發現自己的力量是多麼的渺小與微不足道。

一屋不掃何以掃天下？

林東只能這麼安慰自己，他要在自己能力範圍所及之內，盡自己的力量為農民工營造溫暖！

胡國權發現了林東臉上神色的變化，像是陷入了痛苦的思慮之中。這一刻在他的心裏，已將林東定義為一個有良知有抱負有社會責任感的年輕人。在他所遇到的人當中，可說是鳳毛麟角。

胡國權猛然發現，這個年輕人太投他的脾氣了，一下子就喜歡上了這個年輕人，願意與他交流。

「小林，你怎麼了？」

林東抬起頭，笑道：「心裏有些難受，我就是農民的兒子，特別見不得農民受苦受欺。但有感於自己力量渺小，無法改變什麼，所以心裏十分難過。」

「似你這般有同情心有社會責任感的年輕人不多了，社會需要你這樣的年輕人，能認識你，我很高興。」胡國權第一次誇林東，能得到他誇贊的人並不多。

林東微微一笑，說道：「胡大哥過譽了，我只不過是個有點良心的人罷了。以後在我的公司裏，你上述所說的三個問題，我一定盡力解決！」

「好，星星之火可以燎原。如果所有老板都能有你這樣的良心，社會將會美好太多了。」胡國權拍掌叫好道。

林東笑道：「我們的力量是渺小的，關鍵還是要看政府和社會的力量。」

「你說得對，發人深省。政府是人民的政府，就該為老百姓辦實事，為政者當親民愛民，不該滿腹私心，只為謀求私利，媚上欺下。什麼是政績？不該是GDP增長了多少，也不該是把剛修沒幾年的路反覆重修，老百姓的口碑才是最好的政績！」胡國權意氣風發的說道。

林東對這人的身分愈加的懷疑了，那麼愛談論政事，又很有學者氣質，不會也是某個大學的教授吧？但又一想，這裏的別墅每一棟都價格不菲，他是托了楊玲的關係才以一千萬買到的。胡國權說他的單位把他安排住在這裏，顯然不可能是個大學教授。

林東對胡國權的身分胡亂猜測了一番，也沒有什麼定論，眼見時間不早了，就起身說道：「胡大哥，叨擾良久，我該告辭了。」

胡國權也沒挽留，將他送到門外，「小林，咱們是鄰居，以後經常走動，我很喜歡和你聊天。」

「胡大哥如果不嫌棄，改天到我家做客，我搞個火鍋，咱倆弄點酒喝喝，到時候開懷暢飲，天南地北無所不談，豈不痛快！」林東笑道。

胡國權道：「這敢情好啊。咱說好了，明兒個怎麼樣？」

林東一想，明晚上並沒有安排，就說道：「行，胡大哥，東西我來準備，你到時候過來吃就行了。」

胡國權直點頭，二人在他家門前道了別。

林東回到家裏，一看時間已經將近十點了，一想和胡國權剛認識就聊了兩個多小時，二人趣味相投，可以說是一對忘年之交了。此時他並不知道胡國權溪州市副市長的身分，如果知道了他的身分，估計也就不會有今晚這麼無所顧忌的聊天了。

第八章

處處透著古怪的大廟

邱維佳說道：「各位，不是我不肯帶你們去，而是那座廟太危險了，是個危樓啊，萬一哪位出了事情，我沒法子跟林東交代！」

這大廟處處透露著古怪，先前是前院裏枝繁葉茂的古樹，現在又有倒塌的廟宇裏從不間斷的冒出白煙。

這興建於唐朝的古廟到底為什麼會有種種異常的現象？這極大的勾引起了眾人獵奇與探險的興趣。

話說大廟子鎮這邊，今天一大早，邱維佳起了個大早，雞一叫就起床了。起來後外面還是黑漆漆的，抬頭一看，滿天星斗，一看時間這才五點鐘。罵了幾句打鳴的公雞，又回到了屋裏，摟著老婆丁曉娟繼續睡了。

等到再一覺醒來，太陽已經曬到臉上了，想到和霍丹君等人的約定，翻身下了床，麻利的穿好了衣服，一看時間已經將近八點了，臉沒洗牙沒刷就朝招待所跑去。

霍丹君等人都在等他，邱維佳跑到那裏時，出了一身的汗，全身火燙火燙的。在招待所的大廳裏見到了霍丹君一行人，抱歉一笑。

「諸位對不起了，睡過了。」

眾人瞧見他頭髮亂糟糟的樣子就知道必定是睡過了頭，都笑了笑。

霍丹君道：「小邱，咱們也是剛起來，沒事。」

邱維佳道：「去大廟之前咱們先填飽肚子，諸位，我帶你們嘗嘗咱們大廟子鎮的早點去。」

說起大廟子鎮的早點，其實也沒有什麼可選擇的，因為只有那幾樣。招待所往右不遠處就有一家專門做早餐的小飯店，邱維佳帶著眾人往那兒走去。

「小邱，你們這兒都有什麼好吃的早點？」龐麗珍笑問道。

邱維佳道：「龐姐，其實也沒什麼花樣，就是油條、燒餅、包子和辣湯。最絕的就是咱們這兒的辣湯了，大冬天喝一碗，包管你們渾身冒火，舒服得不得了，驅寒保溫那是最好的了。」

眾人跟著他往前走了不遠就到了，時間已經過了八點，早餐店裏的生意很冷清，這個時候基本上是不會有人來吃早餐的了。小飯店的老闆姓莫，已經六十好幾了，身體硬朗，他家的早餐是整個大廟子鎮做得最好的。

邱維佳帶人走到店門口，往裏叫道：「莫老二，來生意了，還有吃的嗎？」

莫老頭瞧見這麼一大群人，趕緊迎了上來，「諸位裏邊請。邱小子，東西都還有呢，熱著呢。」

店裏只有四張桌子，邱維佳帶著霍丹君一行人走了進去。

「各位不要嫌棄，隨意坐下。」

眾人依他所言，分成了兩桌。

「邱小子，你們要吃些什麼？」莫老二喜眉喜眼，走上前來問道。

邱維佳道：「莫老二，這些都是外地來的貴客，把你的絕活拿出來，店裏有什麼上什麼，都要熱的。你先給咱每人盛一碗辣湯上來。」

「好的。」莫老頭應了一聲，哼著小調忙活去了。

邱維佳對眾人說道：「諸位，咱們鎮上這辣湯可不一般，諸位瞧好了。」

眾人朝莫老頭望去，只見他身旁有一個大鍋，裏面還剩半鍋湯。鍋底的灶膛裏正燒著柴火，熱烘烘的熱氣蔓延開來，整個小店非常溫暖。莫老頭從旁邊的籃子裏取出一個雞蛋，捏在手裏往鍋邊上一敲，把雞蛋打在一個邊口有兩條藍線的瓷碗裏，拿起筷子迅速的在碗裏攪合起來。

邱維佳說道：「諸位，瞧見莫老二剛才打的那個雞蛋了吧，個頭不大。因為那是咱們本地家養的雞下的蛋，比市面上買的肉雞蛋要有營養得多。」

莫老頭足足攪拌了一分鐘，操起鍋裏的大銅勺，舀了一勺子湯倒進了碗裏，然後端著湯放到了邱維佳的面前。

邱維佳把碗推到了霍丹君的面前，笑道：「霍隊，你先嘗嘗。」

霍丹君沒有立馬喝湯，而是觀察了起來。

這辣湯湯裏勾芡了些麵粉，看上去有些黏稠，裏面有海帶絲、雞絲和蛋花。湯裏那些個細小的黑乎乎的小點就是胡椒了。

邱維佳道：「這一鍋湯是用三隻老母雞煮出來的，裏面加了些海帶絲、百頁，這些是大家肉眼就能看到的。除了這些，還有些你們看不出的，諸如當歸、人參等好多種滋補的中藥材。莫老頭每天夜裏兩點鐘開始熬湯。足足要熬上三四個小時，湯的味道非常鮮美。」

霍丹君聽的直流口水，「對不住大傢伙了，我先喝一口。」

一口下肚，立馬豎起了大拇指，「果然鮮美！比較辣，喝一口全身立馬就暖和了。」

這時，莫老頭又送來了一碗湯，不一會兒，每人面前都有了一碗湯。霍丹君這群人走南闖北，見識了不少世面，天南地北的小吃吃過不少，沒想到能在大廟子鎮這個地方喝到如此美味的湯，覺得驚訝之餘，又覺得非常幸運。

「小邱，等到度假村搞好以後，我包管你們這個辣湯會火，一碗賣二十塊都有人會買。」鍾宇楠說道。

邱維佳歎道：「這辣湯味道是美，不過做起來工序比較複雜，而且十分的費時間，所以除了莫老二這裏，其他地方基本上都不做了。如果莫老二走了，說不定做這湯的手藝就失傳了。」

鍾宇楠說道：「一個地方能夠吸引遊客前來，最主要的就是要有特色，特色是什麼？是文化，是風景，還有就是食物！這三樣得其一就能火，如果三者都有，那想不火都難了。」

邱維佳抬起頭朝莫老頭笑道：「莫老二，聽見了沒？保重你的身體，好好幹，過不了幾年你就發財了。到時候這湯二十塊一碗，你算算你一天賣多少碗，一天能掙多少錢。」

莫老頭呵呵笑道：「不敢想、不敢想。」

他的辣湯現在賣五毛錢一碗，這個價錢已有七八年都沒變過，讓他怎麼敢想像五毛錢一碗的湯幾年後就能變成二十塊一碗？真要是那樣的話，那時候賣一碗就抵得上現在賣四十碗啊！

湯上好了之後，莫老頭把熱氣騰騰的包子送了上來，有雞汁鮮肉餡的，有豆腐餡的，有青菜香菇餡的，每個包子都是餡大皮薄。莫老二把老伴叫了出來，讓她炸油條，自己則開始做燒餅。

這燒餅要現做的才好吃，揉好了麵，取一小塊拉成長條，撒上芝麻，往爐子裏一貼，很快就熟了。

眾人難得吃到如此美味的小吃，一群人最少都喝了兩碗辣湯。一個個都吃得滿頭是汗，對這辣湯讚不絕口。

吃完了早飯，邱維佳結了帳。八個人吃了那麼多東西，還不到四十塊錢。這對此刻的莫老頭來說，已經算是一筆大生意了。當莫老頭從邱維佳手裏接過錢的時候，臉上是喜滋滋的，他怎麼也不會想到，幾年以後，他賣一碗湯也不止這麼點錢。

一群人離開了莫老頭的小飯店。林東帶著他們往後街走去。一路上眾人談論的話題依然是莫老頭令人叫絕的辣湯。龐麗珍和沙雲娟為了保持身材，一向對飲食很在意，每頓飯都不會多吃。可她們今天也破了戒，兩人不僅各喝了兩碗辣湯，還吃了不少燒餅和包子。

到了後街，邱維佳的話又開始多了起來，說後街好玩的地方比前街多很多，當年上初中的時候，經常和林東一起跑到這邊來掏鳥窩。講起當年的趣事，邱維佳是沒完沒了，好在他講的很有意思，眾人都樂意去聽。

沙雲娟還說，邱維佳不去說相聲那真是可惜了。

不知不覺中，邱維佳已經帶著眾人來到了大廟門前。大廟位於厚街的最西面，離大廟兩百米就沒有人家了，也可以說大廟並不是出於鎮上，只不過是離鎮子比較近而已。

「各位，咱們到了，這就是咱們鎮的大廟。」邱維佳道。

眾人一到這裏就感覺到了異常，感覺到這裏的溫度要比剛才走過的地方要高幾度。

鍾宇楠和龐麗珍都是搞地質學研究的。二人感受到了這種溫度的異常之後，開始彎腰觀察起地面。

霍丹君道：「小鍾，你們別看了，咱們進去逛逛吧。」

鍾宇楠夫婦站了起來，跟著眾人往廟裏面走去。

廟裏有條青磚鋪就的路直通大殿，道路兩盤是一株株參天的古木。

眾人進了廟裏，沒走幾步就停了下來。邱維佳大為不解，說道：「諸位，廟宇還在裏面呢。」

霍丹君一行人看著兩旁的古木，沒一個人去理他。

「奇怪，這些樹木全部都不屬於四季常青的樹種，按理說，現在的這個時候，這些樹應該沒有葉子才對，為什麼這裏的每一棵樹都枝繁葉茂，都像是如處盛夏似的呢？」龐麗珍自言自語的說道，眾人圍了一圈，心裏的想法和她都一樣，這現象太過反常了。

「有果必有因！」

這是他們都很清楚的，這座古廟透著古怪，他們還未進來就感受到了。

邱維佳有些著急了，霍丹君這群人一進來雙腳就像被定住了似的，東張西望，卻不肯往前走，走到他們前面，瞧見這夥人一個個神色奇怪，問道：「各位，難道有什麼不正常嗎？」

霍丹君指著路旁的古木道：「小邱，瞧見沒有，枝繁葉茂。」

邱維佳點點頭，「這我知道，一直都這樣。」

「一直都這樣，難道你不覺得不同尋常嗎？」霍丹君反問一句。

邱維佳愣了一下，隨即反應了過來，看慣了這反常的現象，倒覺得這才是正常的了。眼前的這一棵棵樹，在外面的樹木都是光禿禿的時候卻枝繁葉茂，這太不正常了。

「小邱，你們這兒的人從來沒有覺得不正常嗎？」霍丹君問道。

邱維佳把頭搖得跟撥浪鼓似的，「大家似乎習以為常了，我從來沒聽人說過不正常。霍隊，還是你們厲害，一進來就發現了，對了，這是為什麼呀？我很好奇。」

霍丹君搖搖頭，「我們暫時還沒能找到原因，我們和你一樣好奇。」

邱維佳道：「既然一時半會兒也找不出原因，倒不如先跟我往前走，我帶你們到前面看看去，廟宇都在前面呢。」

霍丹君一點頭，招呼一句：「大家別看了，跟著小邱往前走吧。」

眾人跟在邱維佳身後，一步一步朝前走去。

大殿前面的廣場上，眉毛發白的老者正拿著笤帚掃廣場上的落葉，瞧見這群人走來，停下了手上的動作。

大廟裏的和尚在大廟子鎮老百姓心目中的地位很神聖，邱維佳這樣的渾人也對和尚很敬重，趕緊上前行禮。

「老師父，這些都是遠道而來的朋友，他們都對大廟很感興趣，想要參觀參觀。可以嗎？」邱維佳恭恭敬敬的問道。

老和尚雙掌合十，和藹的笑道：「出家人與人方便就是與自己方便，諸位請自便吧。」

大廟裏也沒有什麼值錢的東西，老和尚也看得出這夥人不是那種鼠輩，所以大大方方的同意了。現在這個季節不是上香請願的時候，所以大廟裏安安靜靜，除了邱維佳和霍丹君一行人，就剩下廟裏的幾個老和尚了。

大廟鎮老百姓都不富裕，上香還願也最多給幾塊香油錢，而且每年也就是逢年過節的時候才會有人來上香，所以大廟的收入不多，加上縣裏和鎮上的財政都很困難，壓根就不會有人想到要撥款修葺廟宇。

廟裏的幾個老和尚又都年邁，根本無力修葺，所以只能任憑廟宇敗落。眼下大廟裏的廟宇已倒塌了一多半，只有大殿還算是保存的比較好。郭濤和沙雲娟的專業是設計，他倆對古今中外的設計風格都有所瞭解，大殿的建築風格很符合唐代的寺廟建築風格，他倆很快就看出來了。

「這座廟應該是唐代興建的。」郭濤開始發揮他的所長，從大殿的柱子講起，然後說到壁畫、佛像，說的頭頭是道，有很多都是專業用語。邱維佳在一旁聽的一頭霧水，很奇怪竟然有人能從這破破爛爛的一座廟裏看出來那麼多道道。

「這些壁畫因為年代久遠，但依稀可以看出來用色講究濃墨重彩，這正符合大堂泱泱天朝大國的雄偉氣象。再看畫上的人物，婦女們身材豐腴，符合唐人的審美，而畫上眾人的服裝，緊袖窄口，很貼身，這是胡服的風格，唐人喜穿胡服，這是眾所周知的。」

「這座大殿能存在那麼久還未倒塌，唐時的建築水準著實令人驚歎，不愧是當時世界上最強大的王朝，無論是經濟、文化還是各種技藝，都要領先於世界啊！」

郭濤對大殿讚不絕口，能見到保存如此完好而又沒有經過後世加工的唐朝建築，光這一點，就足夠讓他不虛此行的了。眾人拿出相機，在大廟裏拍來拍去，能見到如此完好的唐時建築並不容易，他們自然不會放過拍照的機會。

廟裏的一切邱維佳都早就看膩了，所以當霍丹君等人興致勃勃的談論的時候，他就站在廟外面，一個人抽著煙。

「大殿能至今屹立不倒，除了設計的精巧之外，還有一點，就是用的材料都是上等的。」巴平濤說道，他是搞建築的，對這方面比較精通。

「據我估計，當初興建這座寺廟的時候，應該花費了不少錢。」齊偉壯道：「唐中葉之前，道教興盛，因為唐朝皇族姓李，與道家的老祖李聃，也就是老子，是同姓，所以中葉以前皇室一直信奉道教，因而民間信奉道教的百姓也非常之多，那時候道家興盛，可說是風頭一時無兩。而中葉之後，道家衰落，佛家興起，就連皇室也開始信奉起佛教來，而佛教救苦救難的大慈悲思想也比較符合老百姓的需求，所以佛家的思想流傳的非常之快，如秋風掃落葉一般，很快就在全國蔓延開來。各地佛寺如雨後春筍般露了出來，佛寺之強大，足以令朝廷眼紅，也就有了唐後期幾次滅佛的事件。」

「是啊，唐中後期，寺院廣占田地，還不用向朝廷交稅，當時每個佛寺都是富得流油。當時戰亂頻仍，老百姓食不果腹，飽受戰亂之苦，有許多人為求得溫飽，也為了能夠脫離苦海而加入了佛教，削髮為僧。朝廷滅佛，為的就是與佛教爭搶土地和人口。這座大廟占地極廣，從大殿來看，用料講究，設計精巧，應該是唐中後期的建築。」

霍丹君這群人個個都是各自所在領域的精英，一群人七嘴八舌就能大致判斷出這座大廟興建的大概時間。

邱維佳一根煙吸完，他們還沒有離開的意思，邱維佳只好再抽出一根煙，慢慢等。

霍丹君一行人在大殿裏徘徊良久，邱維佳半包煙都吸完了，他們才出來。

「看完啦？」邱維佳問了一句。

霍丹君笑道：「看是看完了，卻還沒看透。光這一座大殿，就足夠讓歷史學家、宗教學家、建築學家、藝術學家研究大半輩子的。」

邱維佳面色訝然，「我實在瞧不出有什麼稀奇的，有那麼玄乎嗎？」

霍丹君哈哈一笑，「你不明白就罷了，小邱，帶我們到大殿後面瞧瞧去。」

邱維佳笑道：「好，我早就等你這句話了。」

說完，扔掉了煙頭，帶著霍丹君一行人往後面走去。

繞到大廟後面，眾人老遠就瞧見一座倒塌的廟宇裏有煙氣冒出來。

「那兒……是不是失火了？」沙雲娟指著冒煙的廟宇道。

邱維佳笑道：「大夥兒不用驚慌，不是失火，一年到頭都這樣。那地方早就塌了，我也沒進去過，不知道為什麼老是冒煙。」

眾人獵奇心頓起，鍾宇楠問道：「小邱，能不能帶我們去那裏面看看？」

邱維佳面露難色，說道：「各位，不是我不肯，而是那座廟太危險了，是個危樓啊，萬一哪位出了事情，我沒法子跟林東交代！」

這大廟處處透露著古怪，先前是前院裏枝繁葉茂的古樹，現在又有倒塌的廟宇裏從不間斷的冒出白煙。這興建於唐朝的古廟到底為什麼會有種種異常的現象？這極大的勾引起了眾人獵奇與探險的興趣。

「小邱，如果你不帶我們進去，那我們就自個兒進去，這樣發生了什麼事情也跟你無關，你不用擔心林總會怪罪於你。」鍾宇楠說道。

邱維佳一跺腳，「哎呀，服了你們了，破屋爛瓦有什麼好看的？走吧，我帶你們進去，說好了啊，可不能像剛才看大殿似的，一看就是老半天，我半包煙都抽完了！」

「好。」眾人哈哈一笑，答應了邱維佳的要求。

邱維佳走在前面，帶著眾人朝那座倒塌的廟宇走去。那廟宇倒塌了一半，另一半還是支起的，歷經風吹雨打，也不知有多少個年頭都是這副淒慘模樣了。走到門前，瞧見門口豎了一個牌子，上面寫了一行字，邱維佳念了出來。

「危險，閒人勿進！」

邱維佳不急著帶眾人進去，他既然答應帶他們進去，那就肯定會帶他們進去，但此刻卻不急著帶著他們進去，有些事情要在進去之前講好。

他轉身對著霍丹君一行人，開口說道：「諸位都看見了，這牌子是廟裏老和尚放在這裏的，看來裏面的確有些危險。有些事咱們可得說好了，進去之後大家最好不要亂摸亂碰，誰也不知道碰了哪根木頭這房子就倒了。再有一點就是進去十分鐘就得出來，時間越長越可能發生危險，小邱希望各位能體諒我！」

霍丹君拍拍邱維佳的肩膀，「小邱，別說這話，大傢伙心裏都很感激你。這樣吧，你就站在門口，為我們計時。如果十分鐘我們還沒出來，你就叫我們一聲。」

邱維佳點點頭，「行，各位切記小心！」

霍丹君也知道這倒塌的破廟隨時都有可能再次發生坍塌。危險得很，所以不願意邱維佳跟進去承受風險。他的隊伍就不同了，每個人都是經歷過生死考驗的。不過是個可能倒塌的破房子，在他們眼中，要比孤島、沙漠安全太多了。

霍丹君吩咐小組裏面的眾人小心，告誡眾人留心腳下和不要觸碰廟裏的東西，以免發生坍塌。

特別行動小組的人進去之後，邱維佳就拿出了手機，看了一眼時間，定了一個十分鐘以後的鬧鐘。他百無聊賴，大廟是他小時候很喜歡來玩的地方，這裏樹多鳥多。地方又大，所以確實是一個玩樂的好場所。不過現在他長大了，除了每年過年前來燒香之外，基本上不會到這裏來，對大廟中的一草一木只有回憶。再沒有小時候的那股子探索的興趣。

邱維佳掏出還剩幾根煙的煙盒，又點了一根，開始吞雲吐霧，在煙霧繚繞中回憶往昔。

霍丹君帶人進了倒塌的廟宇裏面，眾人每走一步都非常小心。

「是口井！」

郭濤率先叫了一聲，眾人圍了過來，這才看清了原來他們從遠處看到的煙氣並不是煙霧，而是水汽。

霍丹君伸出一隻手，把手放在井口上面，感受了一下溫度。

「水汽的溫度大概在二十五度左右。」他做出了判斷，光憑一隻手就能判斷出溫度，這絕不是故弄玄虛，而是多年野外生存經驗鍛煉出來的。即便是拿溫度計量一下，測量出來的溫度也不會與他所判斷的有太大差別。

霍丹君很有信心，這個差別會在兩度以內。

「怎麼會這樣？井水怎麼會往外冒熱氣，而且是那麼高的溫度。」龐麗珍說出了所有人心中的疑惑。

霍丹君轉頭對巴平濤道：「老巴，測一下井水距離井口有多長的距離。」井口一刻不歇的往外噴吐水霧，他們根本就看不清裏面，不過巴平濤有辦法，只見他從地上找了一塊指頭大小的石子，捏著石子在井口處鬆了手。石子墜落而下，擊中了井底的水面，發出了一聲響。

巴平濤拿著另一塊石子在地上演算著什麼，很快就有了答案，對霍丹君彙報道：「霍隊，據我測量，應該在二十三米左右。」

霍丹君絲毫不懷疑這個資料會有多大的出入，因為他的小隊是一群各有特長的精英團隊。

「水位距離井口有二十三米，井口處的水汽溫度在二十五度左右，那麼熱，可想而知井下的水有多麼高的溫度！」

沙雲娟摸了摸井口，觸手有些燙人，說道：「霍隊，井口的石頭有些燙人，下面應該很熱。」

眾人都摸了摸井口的四週，果然如他所說，井口處的石頭的確是有些溫度，聯繫到邱維佳說過這裏常年都往外「冒煙」，石頭會有些燙手也不足為奇。

「井裏的水為什麼會那麼熱？」

這已經成為縈繞在眾人心頭最大的問題了。

「看！井口有字！」

沙雲娟驚叫一聲，井口的字被落塵遮掩，若不是剛才她胡亂摸了摸，還發現不了井口有字。

眾人都朝她手指的地方望去，果然看到了三個刻字，不過都是古文，並不認識。

霍丹君知道郭濤對古文字頗有研究，問道：「小郭，認得嗎？」

郭濤道：「年代太久了，井口的刻字都模糊了，不過從字體來看，是正宗的漢隸，我需要點時間來辨認。」

霍丹君等人都沒有說話，郭濤凝目看著井口石頭上刻著的古文字，過了一會兒，抬起了頭，說道：「我認出來了，是長生泉三個字！」

「長生泉？這口井不斷的往外噴吐熱氣，倒有點溫泉的感覺。」齊偉壯不經意的說道。

鍾宇楠腦中靈光一閃。還沒來得及想出來，就聽邱維佳在門口叫了起來。

「霍隊，時間到了，你們該出來了。」

霍丹君站了起來，說道：「大家走吧，反正咱們還要在大廟子鎮逗留很長一段時間，有的是機會來這裏，不要讓小邱為難，現在咱們走吧。」

眾人點點頭，都站了起來，跟著霍丹君走到了門外。

邱維佳見他們毫髮無損的從裏面走了出來，懸著的一顆心總算是放了下來，「怎麼樣，裏面有啥好東西不？」

霍丹君笑了笑：「有口井，難道你不知道嗎？」

邱維佳搖搖腦袋：「我從未進過那破房子裏，所以裏面有什麼我真的不清楚。」

霍丹君沒跟邱維佳說太多，笑道：「小邱，帶我們再逛逛吧。」

邱維佳點點頭，帶著霍丹君一行人在大廟其他的地方逛了逛。眾人發現，大廟不僅占地極廣，而且廟宇也不少，不過大部分都因為年久失修，或是半倒塌，或是已淪為一片廢墟。

廟的西北面是廟裏幾個老和尚的禪房，只有幾間，禪房是磚瓦結構，屬於現代的建築，不過看上去也有些年代了，青瓦都變成黑瓦，白牆上的石灰早已斑駁脫落，一塊塊卷在外面，露出了裏面的土坯。

眾人將大廟子鎮逛了個遍，拍了不少照片，仍是未有盡興，出來的時候，已經是下午了。

邱維佳打趣的說道：「我頭一次逛大廟逛那麼久，哎呀，你們是不知道，我今天一上午抽了兩包煙，嗓子都快抽啞了。」

霍丹君笑道：「小邱，辛苦你了，從明天開始，咱們就不用你陪了，我們要開始幹正事了。」

邱維佳道：「行，咱們現在去吃飯吧，下午的時候我去給你們問問地圖的事情。」

霍丹君道：「來時林總給了我們經費了，今天中午我們小隊請客，答謝你對咱們的照顧。」

邱維佳也沒推辭，說道：「好啊，反正林東那小子現在有的是錢，花他的錢我不心疼。走，帶你們去大廟子鎮最好的酒樓去。」

第九章

市長是鄰居？

一輛黑色的奧迪停在了胡國權的家門口。

車門開了，司機迅速的跑到後門，拉開了門。「胡市長，到家了。」

林東離得不算遠，聽到了司機對胡國權的稱呼，頭腦裏一根腦筋繃了一下，「胡市長？溪州市沒有姓胡的市長啊，難道是我聽錯了？」

他向來對自己的聽覺視覺很有信心，不過據他瞭解，溪州市的確是沒有姓胡的市長，一時間真的是難以肯定胡國權的身分。

所謂大廟子鎮最好的酒樓，其實還是一家小飯店，在鎮政府的隔壁，一般是鎮上招待上面領導會來這裏吃飯。在這裏能吃到不少野味，食材也很正宗，他們家的裝修也算是鎮上最好的了，所以大廟子鎮的老百姓都將這裏稱為「酒樓」。

邱維佳以前就在鎮政府開小車，所以與這家的老闆很熟悉，加上他愛交朋友的性格，與老闆算是哥們。進去之後跟老闆說明了情況，說這些人都是大城市來的貴客，讓老闆做些大菜。老闆瞧霍丹君等人的確是一個個相貌不凡，看得出來是大城市來的，對邱維佳說，讓他放心，一定不給他丟臉。

老闆整了一桌子野味，野兔、野雞還有野生的黑魚等等，加上懷城獨特的做法，雖然賣相差了些，不過味道卻是頂呱呱的。

吃飯的時候，鍾宇楠一直在思考一個問題，為什麼井裏的水那麼熱？他腦袋裏總是閃現著溫泉那兩個字，終於在喝了幾杯酒之後頭腦一發熱，想到了原因。

「我想到了！」鍾宇楠忽然大聲的叫道。

眾人只覺莫名其妙，霍丹君笑問道：「小鍾，你想到什麼了？」

鍾宇楠興奮的說道：「我明白為什麼井裏的水那麼熱了。」

此言一出，除了邱維佳之外，所有人都放下了筷子，目光聚集在鍾宇楠的臉上，滿含期待的看著他。

「大家知道天然溫泉是怎麼產生的吧？溫泉是泉水的一種，是一種由地下自然湧出的泉水，其水溫高於環境年平均溫五度。形成溫泉必須具備地底有熱源存在、岩層中具裂隙讓溫泉湧出、地層中有儲存熱水的空間三個條件。」鍾宇楠在地質學方面頗有建樹，他詳細的向眾人說明溫泉產生的原因，眾人漸漸明白了他的意思。

大廟裏長生泉裏面的水其實就是溫泉！

「一般的溫泉水溫在二十五度以上，不過井口的水汽溫度就有二十五度。我想井裏的水溫應該很高，這就說明，井裏的水並不是普通的溫泉水。據一般情況來看，溫泉的溫度越高，含有對人體有益的微量元素就越豐富。長生泉，說不定就是個寶。」

龐麗珍腦中靈光一閃，說道：「哎呀，會不會大廟裏的古樹四季常青也跟這個有關？大廟的氣溫的確是高於外面，古樹紮根很深，可以吸收到地底很深處的溫度和營養。只要有這兩點，對樹木而言，大廟就是一塊四季常春的溫土。掩藏於地底不為人知的神秘因素，造就了大廟的種種反自然的現象。對，一定是這樣！」

「很可能……大廟的地下是一座火山。」

鍾宇楠此言一出，眾人的臉色都變得很難看。

邱維佳不禁問道：「火山？那會爆發嗎？」事關大廟子鎮老百姓生死的事情，

邱維佳感到自己的呼吸都急促了起來。

鍾宇楠笑道：「放心吧，你們這個地帶有火山也是死火山，不會爆發的。況且那只是我的猜測。不管怎麼說，大廟子鎮是塊福地。我真的很佩服林總的眼光，他一定是早已發覺到了異常，有那麼神奇的自然現象作為噱頭，到時候度假村建好之後，只要宣傳到位，我想一定會很火紅的。」

邱維佳嘀咕一句：「難怪這小子今年過年回家動不動就往大廟跑，原來是發現商機了。」

陪霍丹君等人吃過了午飯，邱維佳把他們送回了招待所，然後一刻沒歇就朝鎮政府走去。他前些日子辭職了，丟掉了讓鎮上不少人羨慕的鐵飯碗，後來開始著手搞超市，所有人都以為這小子發了財，卻不知道那超市根本就不是他的。

看門的老王頭瞧見了他，打趣的說道：「喲，這不是邱老闆嘛，怎麼有空回來？」

邱維佳啐道：「老王頭，你別寒磣我，早跟你們說了，那超市是我朋友的，我只是幫忙打理。」

「邱老闆，超市是誰的俺不管，俺只問能不能給根『大紅河』抽抽。」老王頭瞇起眼笑道。

邱維佳從懷裏把剛買的煙淘了出來，丟給了老王頭。大紅河是這個鎮子上最貴的煙了，一包六塊錢，鎮長那個級別就是抽這種煙。邱維佳以前給鎮長開車的時候就抽這個煙，他家在大廟子鎮算是富戶，不差那點抽煙的錢。

老王頭是個老光棍，今年七十多了，給鎮政府看了好幾十年大門了，沒有人比他對這裏面的事情更熟悉清楚的了。鎮裏哪一任領導離任之後，大家都能從老王頭的嘴裏聽到些趣聞，比如說前一任鎮長把農技站誰的老婆給睡了。老王頭是出了名的大舌頭，不過他既然敢說，也不怕被人整，因為這看門的活兒除了他之外，這鎮上沒有第二個人願意幹。每個月兩百塊錢，還沒個休息的時候，一年到頭都得在崗。

老王頭拿起邱維佳扔給他的大紅河，放到鼻子下嗅了嗅，一臉的陶醉。這等好煙，他一年也抽不上幾根，雖然這大院裏的大多數人都喜歡聽他講領導們的風流韻事，不過在大多數人的心裏，根本沒把老王頭當個人看待。老王頭在他們的心裏，就是個可以逗逗取樂的二傻子，沒人把他當回事。

不過邱維佳是個例外，他對老王頭還算尊敬，至少老王頭是這麼認為的，因為邱維佳在大院上班的時候，時不時經過門口會扔給他一支「大紅河」。知道邱維佳辭職的時候，老王頭還著實難過了一番，看到邱維佳搬著東西走到門口的時候，他為此還滴了兩滴老淚。

「老王頭，跟你打聽個事。」邱維佳靠在牆上，他在外面，老王頭在裏面，二人之間的窗戶是開著的。

「咱倆這關係你還用吞吞吐吐的嗎，說吧啥事，我知道的一定告訴你。」老王頭拍著胸脯說道。

邱維佳道：「大院裏哪裏有咱們鎮的地圖？」

「地圖？你要那玩意幹嘛？大廟子鎮還有你不清楚的地方？」老王頭知道邱維佳對大廟子鎮有多熟悉，聽到他的問題，倒是反問起了邱維佳。

「你甭管那麼多，就說知不知道吧！」邱維佳不耐煩的說道。

老王頭想了想，說道：「你是光要咱們鎮的地圖，還是？」

邱維佳道：「對，最好是只有咱們鎮的地圖，你給我全國地圖有啥用，咱大廟子鎮在上面連個點都沒有。」

老王頭弄明白了他的意思，說道：「早幾年還真沒有，不過現在應該有。兩年前鎮裏為了搞什麼綠色蔬菜基地，當時是花錢請人弄了一張全鎮的地圖。」

「在哪兒？」邱維佳最關心的是這個問題。

老王頭想了想：「時間太久了，我哪能記得清啊，好像在農技站，你去找朱大綠帽問問去。」

邱維佳點點頭，又丟下一支「大紅河」，馬上朝農技站的辦公室走去。老王頭嘴裏的朱大綠帽就是被前鎮長睡了老婆的人，朱大綠帽的老婆有幾分姿色，又喜歡搔首弄姿，在鎮政府的食堂上班，與幾任鎮長都有不清不楚的關係。朱大綠帽早已習以為常，可以驕傲的對人說，最近幾任鎮長都是他的連襟。

邱維佳走近農技站辦公室的時候，辦公室裏只有朱虎子一人。這農技站其實也就只有他一人，朱虎子也沒什麼農業技術，純粹是混日子，雖然工資不多，但也夠他在這小鎮活的滋潤的了。

「喲，這不是邱老闆嘛，哪陣風把你給吹來了。」

邱維佳丟了一根「大紅河」給他，說道：「老朱，得麻煩你件事。」

邱維佳以前在鎮政府大院的時候人緣很好，朱虎子也和他稱兄道弟，聽了這話，說道：「兄弟，啥事，跟哥說唄。」

邱維佳道：「你這兒有咱們鎮的地圖嗎？」

朱虎子想了一會兒，說道：「好像是有，前些年搞綠色蔬菜基地的時候，曾經繪了一張全鎮的地圖。不過兩三年前的事情了，我不知道還能不能找到。」

「老朱，累你幫我找找看，我有用。」邱維佳笑道。

朱虎子一口應承了下來，「我兄弟請我幫忙，那再累也得找。你等著，在這坐會兒，要喝茶自己倒，我去找找。」

邱維佳一點頭，在朱虎子的辦公室裏坐了下來。朱虎子忙去了，開始翻箱倒櫃的為他尋找大廟子鎮的地圖。過了好一會兒，朱虎子才過來，把一張落滿灰塵的地圖扔到邱維佳面前。

「兄弟，哥給你找著了。」

「我靠，沒有乾淨點的嗎？」邱維佳瞧著眼前髒兮兮的一張地圖，連伸手去摸都不想。

朱虎子歎道：「唉，你還別嫌髒，我告訴你，只此一張，別的沒有。你要就拿走，不要還真沒別的給你。」

邱維佳拿起地圖抖了一抖，把上面的灰塵抖掉。然後又用抹布擦了擦，攤開地圖看了看，還算乾淨，就裝進了口袋裏，起身告辭，「老朱，多謝了啊。改天喊你喝酒。」

老朱坐在那兒也沒送邱維佳，咧嘴笑了笑，「好，你請我喝酒，這面子是必須得給的。」

邱維佳出了鎮政府大院，就朝斜對面的招待所走去，到了那裏，找到了霍丹君，把地圖給了他。

「小邱，真是麻煩你了。非常感謝。」霍丹君感激的說道。

邱維佳笑道：「地圖又髒又舊了，不過確實是我能找得到的唯一的一張，你們將就著用吧。我走了。」

霍丹君一直把邱維佳送到門外。邱維佳沒有直接回家，而是去了超市那裏。他基本上每天都要在這裏盯著工程的進度。進度快一點，超市就能早點營業，就能早點賺錢。錢雖然是林東出的，但邱維佳卻把它當成了自己的事情，因為這是他兄弟的店，他有義務幫他弄好。

回到溪州市的第二天，高倩還是沒有過來。林東打了電話過去問了一下，才知道昨天他走後，高倩就病了，感冒發燒。林東想要回去看看她，卻被高倩阻止了，要他以事業為重。

其實高倩心裏也非常希望林東能回來陪在她身邊的，但是她還沒有鼓足勇氣跟林東說出那個要求，她害怕見到林東發怒或者是冷臉的樣子，現在的心情也不知道該如何面對林東，所以她覺得還是不要見面的好。林東並不清楚高倩此刻正備受煎熬，只以為她是普通的感冒，於是就並沒有回去。

穆倩紅很快就把人心惶惶一盤散沙的公關部工作抓了起來。自江小媚走了之後，金鼎建設公關部留下的員工都無心工作。江小媚在的時候，是非常偏袒自己部門的員工的，總是會為她們爭取最好的福利，而新部長會是什麼樣的人，留下來的員工心裏都沒底。

穆倩紅不愧是公關場上的高手，她的手段不僅在於用在客戶身上，也在於用在解決部門內部問題上。她也是女人，很容易就和留下的那些員工聊到一塊，剩下的幾名員工見她沒有領導的架子，非常的親民，對她的印象首先就好了幾分。

自後，穆倩紅當天上班就請了公關部所有的員工去吃飯唱歌，經過這番交流，大大拉近了彼此的關係。她在吃飯的時候就把部門裏各人的興趣愛好都摸清楚了，有的人喜歡化妝，有的人喜歡買衣服，有的人喜歡做spa。

第二天上班，穆倩紅就給了部門所有人一個驚喜，她帶來了價格不菲的化妝品、衣服和美容中心的卡，把這些東西全部贈送給了部門的同事。她本身就是個化妝高手，對化妝品頗有研究，買來的化妝品非常適合那名員工的皮膚，至於衣服，也非常符合另一名員工的審美。而那張spa卡，是溪州市很有名的一家美容美體中心的，那名下屬早就想要辦了，但一直捨不得花錢，沒想到新領導來的第二天就把它買來送給了自己。

這些糖衣炮彈打出去之後，金鼎建設公關部的氣氛馬上就熱鬧了起來，部門的下屬圍著穆倩紅團團轉，向她討教各種各樣的問題。只要是女人感興趣的，穆倩紅都可以說是行家，就連怎麼調理身體，解決痛經問題，她都有非常獨到且行之有效的辦法。

她把自己的工作制定了幾個步驟，第一步就是團結好所有的員工。她進來之後就發現了公關部剩下的這幾名員工的素質都非常不錯。個個都是好公關的苗子，欣喜之餘，不禁產生了疑惑，為什麼她的前任江小媚離職之後沒有把這些精英帶過去呢？她不知道江小媚是受林東所托，打入敵對公司內部的臥底，所以也就不明白為什麼江小媚把好苗子都留了下來。

第二步是以身作則，全身心的投入到工作中去。穆倩紅很容易達到了第一步目標，很快就展開了第二步計畫。她第二天上班就把部門全體人員召集了起來，開了一個簡明扼要的會議。在會議上，她指出了現在部門有那些事情可做，讓手底下的人有方向，這也讓部門的所有下屬感受到了這個領導是個務實的人，留下來的這些人都是打算為金鼎建設做點事情的，穆倩紅的務實作風很受她們的歡迎。

在穆倩紅到金鼎建設上班的第二天下午，陶大偉就翹了班把房子的鑰匙送來給林東。陶大偉是第一次到林東這裏來，看到林東氣派豪華的辦公室，著實羡慕了一番。

「林東，有錢就是好啊，當老闆的滋味應該很不賴吧。」

林東當即笑道：「大偉，如果你想做生意，我一定全力資助你。」

陶大偉哈哈一笑：「可惜我對營營碌碌的事情不感興趣，否則早就跟著家裏做生意了。我的理想就是做一名好員警，為老百姓抓賊破案，保一方太平，也沒有發大財的想法。」

「有理想總是好的。大偉，你一定成為一個好員警。說不定當你榮休的時候，會有老百姓哭呢。」林東笑說道。

陶大偉歎道：「如果真是那樣，我再苦再累也就值了。」

二人抽了一會兒的煙，陶大偉說道：「林東，今晚有時間嗎，你幫了我大忙了，想請你喝喝酒，咱哥倆也好久沒在一塊兒聚了。」

林東說道：「大偉，真是太不好意思了。我今晚有了安排。改天吧，我請你。」

陶大偉臉上的表情略帶遺憾，搖了搖頭。「那好吧，對了。等到春暖花開的時候，我想邀請倩紅去西山公園露天燒烤，你要不一塊去吧，帶上你對象。」

林東馬上拒絕了，他知道穆倩紅對他是有點意思的，而他現在的感情已經很亂，已到了令他煩惱的地步，所以想要收斂一些，況且他看得出來陶大偉是真心喜歡穆倩紅，他就更不能做那對不起朋友的事情了。

林東謹記一點，他和穆倩紅是工作上的好搭檔，私下生活裏，他們最多屬於那種藍顏知己。

「我就不當電燈泡了，你們去吧。」

陶大偉又說道：「喲，又不是叫你一個人，不是讓你帶上你對象的嘛。咱們結對出去燒烤，那才有意思嘛。」

林東心知陶大偉不清楚他的想法，也不方便說出來，說道：「你別再說了，聽兄弟一句話，多多爭取獨處的機會。我是過來人，比你這個感情雛兒瞭解的多，要聽我的話，絕對沒錯。」

陶大偉嘿嘿一笑，「好吧，既然這樣我就不厚臉皮請你去了。出來很久了，我得回去上班了，我走了啊。」

林東一直把陶大偉送進了電梯，這才回到辦公室裏，看到桌上的一串鑰匙，把周雲平喊了進來，說道：「小周，把這串鑰匙送給穆倩紅，告訴她這是公司給她租的房子。」

周雲平把鑰匙接了過來，問道：「老闆，房子的地址在哪兒？」

林東道：「你把鑰匙送給她，地址我會告訴她的。」

周雲平沒再問，拿著鑰匙就離開了辦公室。到了樓下公關部的時候，穆倩紅剛好開完了會。

周雲平對穆倩紅有點想法，所以十分的殷勤，把鑰匙交給她之後，說道：「倩紅，這是老闆讓我交給你的，說是公司給你租的房子。對了，你什麼時候搬家，我幫你。咱們男人有力氣，你東西應該不少吧，就讓我效勞吧。」

穆倩紅笑道：「周秘書，很感謝你，其實我的東西並不多，我有車，往車上一放就可以了，很方便的，不需要麻煩你的。」

周雲平略微有些失望，仍是不死心，又說道：「嗯，這也算是你喬遷之喜了，到時候咱們一塊出去吃頓好的吧。我請你。」

穆倩紅已感覺出周雲平對她有想法，說道：「其實我已經約好了我們部門的同事。到時候我請客，周秘書，你要是不介意，那就一起來吧，人多還熱鬧。」

周雲平聽到會有很多人，多少有些失望，不過總算是一個與穆倩紅接觸的機會，就答應了下來。「好的，到時候你告訴我地點。」

穆倩紅點點頭，「一定，周秘書，你事情忙，我就不和你多聊了。」

周雲平離開了穆倩紅的辦公室，是帶著失落的心情離開的。他頭一次遇到了令他動心的女孩，卻不知這段感情會不會還未開始就幻滅了。但轉念一想，所謂近水樓台先得月，他與穆倩紅是一個公司的。天天見面，追求到佳人還是有機會的。

周雲平給她送來了鑰匙，卻沒有告訴她房子在哪裏，穆倩紅心知周雲平不是個粗心馬虎的人，心想一定是他也不知道，那麼這房子應該是林東親自給她租的，看著鑰匙，心裏不禁生出一股暖意。

她給林東發了一條簡訊。「林總，周秘書沒有告訴我房子在哪兒，請問你知道嗎？」

林東收到她的簡訊。立馬就給穆倩紅回了過去，「房子離公司很近。在鼎盛花園十五幢六〇二室，從那兒到公司，車程不會超過十分鐘。房子裏裝修很考究，房主也很熱心，希望你能喜歡。」

穆倩紅道：「我明天就搬過去，你幫我租的，我想我一定會喜歡的。」

林東考慮要不要把房主是陶大偉的事告訴穆倩紅，猶豫一下，搖搖頭作罷了。

到了下班時間，林東離開辦公室，走到外間辦公室的時候，看到周雲平情緒不高，停住了步子，問道：「小周，怎麼回事，看上去垂頭喪氣的！」

周雲平抬起頭，說道：「沒事，我調整一下就好了。」

林東覺得自從穆倩紅來了之後，周雲平就有些不正常了，心想這傢伙估計是暗

戀穆倩紅了，搖搖頭，什麼都沒說就走了。

他今晚約好了和胡國權吃火鍋，林東開車去了火鍋店，把各種涮菜都買了些打包回來，然後又去了溪州市很有名的一家酒莊，洋酒白酒都弄了兩瓶。回到家的時候，就把東西都裝好了盤子，把吃火鍋的傢伙也找了出來，擺上了桌子。

辦完這些事情，時間剛剛好六點半。

林東並沒有著急，而是在家裏耐心等待，等到了七點，還不見胡國權過來，到了七點半，仍是沒人過來，一直到了八點，胡國權還是沒有過來。林東有些著急了，心想這人也太不守時了吧，就算不來，也得事先通個電話吧。

猛然想起他們倆並沒有互相留下手機號碼，就算胡國權想聯繫他也沒法聯繫。林東心裏對胡國權的不滿減少了很多，又耐心的等了一會兒，一直到九點鐘，胡國權還沒有過來。

這傢伙是不是把昨晚約好的事情給忘了？

林東心裏如此想，再也坐不住了，穿上外套就離開了家門，打算到胡國權家裏看看。

胡國權家和他家只隔了一棟別墅，林東兩三分鐘就到了門口，到了那兒，按了一會兒門鈴，過了好久也不見有人開門。

門。

「不在家？」

林東心想白來一趟，轉身打算回去的時候，見前面車燈閃了閃，一輛黑色的奧迪朝這裏駛來，停在了胡國權的家門口。車門開了，司機迅速的跑到後門，拉開了門。

「胡市長，到家了。」

林東離得不算遠，聽到了司機對胡國權的稱呼，頭腦裏一根腦筋繃了一下，「胡市長？溪州市沒有姓胡的市長啊，難道是我聽錯了？」他向來對自己的聽覺視覺很有信心，不過據他瞭解，溪州市的確是沒有姓胡的市長，一時間真的是難以肯定胡國權的身分。

胡國權下了車，身子晃悠了兩下，一旁的司機連忙扶住了他，「胡市長，慢點，我扶您過去。」

林東再一次聽到了這個稱呼，這一次他聽得真真切切，絕不可能是聽錯了。

「媽呀，胡大哥是市長，哪個市的市長？」林東腦子裏嗡了一聲，難怪說這別墅是單位安排給他的，原來身分如此尊貴！

省裏來了大官，胡國權今晚被拉去應酬了，喝了不少酒，走路歪歪扭扭的，若不是有司機的攙扶，真有可能一頭栽下去。

到了門口，胡國權抬頭看到了林東，笑道：「小林啊，你來找我有事嗎？」

林東上前扶住了他，「胡大哥，你忘記啦，咱們說好今晚吃火鍋的。」

胡國權這才想起來，略帶歉意的笑道：「唉，身不由己，失約於人，慚愧慚愧啊。」

司機從胡國權口袋裏掏出了鑰匙，打開了門。

胡國權對司機說道：「小王，你回去吧，我可以的。」

司機小王道：「胡市長，要不我留下來伺候你睡下再走吧。」

「我還不睏，你回去吧。」胡國權又說了一句。

胡國權再次發話，司機小王只得聽從，恭恭敬敬的說了一句，「胡市長，您好好休息，我回去了。」

胡國權一點頭，司機小王快步朝車子跑去，開著奧迪車走了。

林東把胡國權扶了進去，胡國權看上去喝了不少酒，一身都是酒氣，呼出來的氣息含有濃濃的酒味，酒精含量高到可以點燃。林東讓他坐在客廳的沙發上，起身去給胡國權泡了一杯茶。

「胡……唉，我是該稱呼你胡大哥，還是胡市長呢？」林東微微一笑道，把茶杯放到了胡國權的對面。

胡國權還算清醒，端起茶杯喝了一口茶，半晌才開口，「小林，我不是故意瞞你，確實是不願意以市長的身分與你交朋友，那樣很可能會影響咱們之間友情的純度，希望你能諒解。你如果願意，咱們私下交往的時候，還是叫我胡大哥吧。」

林東點點頭，笑道：「如果昨晚我就知道了你的身分，我估計也不會如此坦誠詳談了。胡大哥，你是溪州市的市長嗎？據我所知，溪州市可沒有姓胡的市長啊。」

胡國權說道：「這副市長的身分也是最近才有的，我原先的身分是中國政法大學的博士生導師，現在流行學者當官，搞什麼理論與實際相結合，組織上看得起我，把我派到溪州市做副市長。話說起來，我到溪州市還不到一個星期，你算是我在這裏認識的第一個非官場上的朋友。」

胡國權很坦誠，林東也生不出半分責備之意。

「胡大哥，你好好休息吧，我回去了。」林東起身欲走。

胡國權伸手招了招，「小林，別走，陪我再坐會兒。」

林東只得又坐了下來，「胡大哥，喝了那麼多酒，你不要休息嗎？」

胡國權哈哈笑道：「我到這兒才一個星期，這已經是我第三次喝醉酒了。唉，為政者每日沉溺於酒池肉林，如此百姓的日子如何才能過得好。這酒我是越喝越清醒，我痛恨這般為官，卻又不得不應酬附和那幫人。你陪我坐會兒，咱倆聊聊天，或許我的心裏會舒服些。」

林東說道：「人在江湖，人不由己。當官的如此，經商的其實也相同。為拿到專案，擠破腦袋走後門找關係，請吃請玩送鈔票，其實沒一個經商的人願意那麼做，但咱們國家的形勢如此，蔚然成風，不得不這般啊。」

林東和胡國權就像是兩個同病相憐的人，互相倒著苦水，不知不覺中又聊了一個鐘頭。

「我一介書生，如今得以主政一方，我不怕得罪人，大不了再回學校教書，在我任內，我必定努力改變這種風氣，以為民辦實事為己任。希望我離任之後，老百姓能為我說句好話。兩袖清風，一生清廉。」

胡國權的語氣略帶傷感，他知道這條路有多麼崎嶇，能否頂住各種壓力和抵禦各種誘惑還未可知，對他而言，真正的考驗還在後頭。

林東笑了笑，「胡大哥，我不如你，我是做生意的，跟著我吃飯的人太多，我必須有事情給他們做，所以必要的手段我還是會利用的。但我保證，我公司所造之工程，品質上絕不會偷工減料。」

胡國權笑道：「能做到那樣已經很不容易了。前段時間東北一座高架橋坍塌。

從當時的主管部門到承建商，都沒有被問責，反而把問題的責任推卸到貨車司機身上，說他超載壓垮了高架橋，真荒唐。一輛車能壓垮一座橋？明明是受害者，反而還要蒙受不白之冤。國家如此，我心悲涼啊。」

林東笑道：「胡大哥，你剛才的樣子倒真像是市長。」胡國權哈哈笑了起來，忽然笑聲戛然而止，眉頭緊皺，臉上表情十分痛苦，猛然站了起來，朝浴廁跑去。

林東趕緊跟了過去，見胡國權正趴在馬桶上嘔吐，穢物把馬桶都堵住了，濃濃的酒精味十分刺鼻。胡國權又趴在那兒乾嘔了一會兒，這才站了起來，沖了馬桶，漱了漱口，面色有些蒼白。

用冷水洗了一把臉，胡國權甩甩腦袋，朝林東哈哈笑道：「真痛快，沒有比喝多了酒吐了之後更爽的感覺了。這感覺立馬就清醒了，就像是沒喝過似的。」

林東從來沒有吐過，不知道喝多了吐了是什麼感覺，瞧胡國權的神態清醒，走路步伐平穩，心想果然吐了之後就清醒了。

回到客廳，林東笑問道：「胡大哥，你晚上吃的剛才都吐出來了，要不去我家吃點去？我為了等你，到現在還沒吃晚飯呢。」

胡國權道：「好啊，那就走吧，肚裏空了，不吃點東西晚上會餓醒的。」

胡國權鎖了門，跟著林東去了他家裏。到了林東家裏，看到餐桌上擺放的好多盤涮菜，看來林東是為了今晚準備了一番的，心裏很是過意不去。

林東插上了電，很快鍋裏的水就沸騰了，底料他已提前加了進去。

「胡大哥，我原是買了酒的，但我看今晚就別喝酒了。來，咱們涮菜吃吧。」

二人往鍋裏加菜，胡國權喜愛吃火鍋，對此道頗有研究，跟林東講應該先放什麼菜後放什麼菜，說得頭頭是道。

林東打趣說道：「胡大哥，想不到你不僅做學問厲害，吃火鍋也很精通。」

胡國權笑道：「小林，你是不是想說我是吃貨？」

林東朝他一笑，「這可是你說的，我沒說哦。」

胡國權哈哈一笑，「你這小子，實在是對我脾氣。」

林東幾次想到問他市裏公租房的事情，但一想這樣未免會給胡國權留下要他幫忙拿專案的意味，所以就忍住沒說。雖然與胡國權認識才兩天，不過林東很清楚他的個性，即便是再好的朋友，估計也很從他那裏走到關係。

但胡國權好歹是溪州市的副市長，即便不便直接幫他，認識他也可算是一條非常重要的人脈，所謂狐假虎威，借力打力。

吃完火鍋之後，二人在客廳裏喝茶。

胡國權忽然提到：「小林，市裏要建公租房，這事情你聽說了沒？」

林東一臉驚訝的表情，胡國權知道他是做地產的，怎麼會主動跟他提起這事情，腦子裏轉了幾圈，也不知道他用意何在，只得老實說道：「聽說了，並且我已經開始準備競標了。」

「你是什麼時候知道的？」胡國權知道公租房的消息還沒有公佈出去，所以才這麼問道，他也是今天在酒桌上才得知的。

林東笑道：「胡大哥，實不瞞你，我在溪州市政府內部也是有點熟人的嘛，大概幾天前吧。」

胡國權歎道：「你知道的比我早啊！從明天開始，我就正式上班了，主管城建這一塊。」

胡國權的意思很明顯，就是告訴林東，公租房的事情，主要負責人就是他。

林東反覆揣測他這句話的意思，胡國權說這句話的目的到底是什麼？一個官員告訴他，他想拿的專案歸他所管，一般情況下，這就是擺明了向他索取賄賂，基於他對胡國權的瞭解，胡國權又不是那樣的人。

林東發現自己陷入了一個兩難的境地，胡國權不過是他認識了兩天的一個人，況且為官者多數心有城府，心機重重，他又怎麼可以肯定胡國權不是一個披著羊皮的狼呢？

如果被他不幸猜中，胡國權的確是個貪欲較深的人，而今晚他又未能表態，得罪了這個主要領導，估計公租房的專案將與他無緣了。林東轉念一想，這也可能是胡國權在考驗他。

抬起頭朝他望去，運起眼中的藍芒，只感到對方正氣浩然，心裏吸了一口涼氣，這胡國權絕不是貪官，那麼方才就是在有意試探他，好在有藍芒這讀心的逆天異能，否則還真不知如何是好呢。

「胡大哥，你放心，我會全力以赴參與這次競爭的，同時我也希望這次競爭能公平公正公開！」

胡國權臉上的表情緩和了下來，站起了身，笑道：「小林，我打擾了許久了，不好意思，我該回去休息了。」

林東將他送到門口，胡國權雖然沒有明確表態，但從他的表情中可以看出，他絕對不會徇私舞弊。林東感覺到這次拿下公租房專案的勝算又大了幾分。

第十章

一百萬變成三百萬

林東看清楚了，那是管蒼生操作的那個帳戶的市值，

管先生剛到金鼎投資公司時，林東給了他一百萬，讓他拿去找感覺。

管蒼生當著眾人的面撂下狠話，一個月內如果不能把一百萬變成三百萬，

那麼他將自動捲舖蓋走人。

管蒼生兌現了承諾，他做到了！

周雲平拿著幾張照片進入了林東的辦公室，「老闆，這就是城區內比較有可能建造公租房的幾個地方，請過目。」

他把照片放到林東的面前，一共是五張。

林東每拿起一張，周雲平就會跟他講解一下圖上的那個地方所在的位置。

到了最後，林東在五張圖片中選出了一張，這張圖上的地方，是在溪州市城區與郊區結合的地方，毗鄰工業圈，也是溪州市外來人工最為集中的地方。

「告訴萌芽設計公司的唐寧，去這個地方看看，儘快做出設計方案給我。」

周雲平說道：「老闆，你就那麼肯定政府會在這裏選址嗎？為了保守起見，咱們是不是把這五個地方都設計一個方案出來？這樣的話，無論政府選那一塊，咱們都可以應付。」

林東搖搖頭，「我有一種感覺。時間緊迫，萌芽是家小公司，就那麼四個人，你要他們如何在保證品質的情況下在短時間內拿出五套設計方案？」

周雲平仍是覺得這樣做有點孤注一擲的感覺，說道：「老闆，可是……」

「你是不是想說太冒險了？」林東笑問道。

周雲平點點頭，「是啊。」

林東說道：「不冒險哪來的機會。小周，按我說的去做吧。」

周雲平知道林東打定了主意的事情誰也無法改變，只能把一肚子話憋在了肚子裏，出去做事去了。

他走後不久，江小媚就給林東打了個電話。

「林總，金河谷剛才把我們部門領導叫過去開會了，上次你讓我打聽他知不知道要興建公租房這個專案，那時候他的確還不知道，不過現在已經知道了，火急火燎的把我們叫了過去，模樣很興奮，在會上說這個專案已經是他的囊中之物了，氣焰十分的囂張。他已經聯繫了騰龍設計公司，要為公租房專案做設計方案。」

林東心裏一沉，金河谷不會無緣無故在下屬面前說大話，看來很可能這傢伙已經打通了路子。

林東沉聲對江小媚說道：「小媚，麻煩你了，去摸清楚金河谷到底打通了市裏哪位大官的路子。」

江小媚道：「好，我回去之後就想辦法摸清楚，金河谷派我出來聯繫騰龍設計公司呢。」

林東說道：「胡大成不是帶著原來設計部的人過去了嗎？金氏地產有設計人員啊，幹嘛還要花錢請別的公司？」

江小媚笑道：「今天開會的時候別提胡大成的臉色有多難看了，金河谷壓根就沒把他放在眼裏，胡大成帶來的人有什麼斤兩，金河谷心裏跟明鏡兒似的。金氏地產的設計部，那就是個擺設！」

林東冷笑道：「胡大成終於知道金河谷的厲害了吧。當初挖他過去的時候待如上賓，現在棄之如敝屣。金河谷絕不是一個容易糊弄的人。不過他僅僅為了打擊我，而花重金請了一幫沒用的廢物，這未免太意氣用事了。」

「對了，金河谷似乎對你頗為忌憚，讓我打聽你知不知道公租房的專案。」

林東笑問道：「你會怎麼回答他呢？」

江小媚呵呵笑道：「那得看你讓我怎麼說了。」

林東想了一下，說道：「告訴他，我剛剛得知了這個消息。」

江小媚知道林東這是有意幫她取得金河谷的信任，沒有說什麼感激的話，她心裏記得林東的好。

「行，我知道該怎麼辦了。對了，小雪前兩天見到我跟我說她的一隻戒指不見了，自打那次去了你的辦公室之後戒指就不見了。她不好意思打擾你，讓我去幫她找找，我這才告訴她我已經不在你手底下混飯吃了。林總，看來只能麻煩你親自找找了，如果找不到就罷了，時隔那麼久了，估計也找不到了，反正她有錢，大不了再買一個。」

林東道：「戒指在她拿來的裝衣服的袋子裏，你不說我都忘了，早就說找時間給她送過去的，這陣子很忙，倒是把這事忘到了腦後。」

江小媚道：「她也太粗心了，怎麼把戒指丟在了衣服袋子裏。林總，麻煩你了，她好像很著急。」

林東道：「今天下班之後我聯繫她，給她送去。」

掛了電話，江小媚笑了笑。米雪的用心根本瞞不過她，戒指根本就是她存心放進袋子裏的，目的不過就是為了能再次見到林東，好有機會與他多多接觸。江小媚搖了搖頭，在她看來，米雪的手段實在是太低劣了。

她拿起電話給米雪打了過去，電話接通後，馬上就說道：「小雪，你的戒指找到了，林東說就在你送去的衣服袋子裏，他說今天下班之後給你送過去。」

米雪心頭一石激起千層浪，滿是期待又滿是緊張，和江小媚說了一會兒話，掛了電話之後，發現自己手心全部都是汗。

「他就要來了，今天就能見到他了……」米雪望著窗外獨自出神。

還不到下班時間，林東接到了管蒼生打來的電話。管蒼生在電話裏說他的那幫兄弟會在今晚到蘇城，林東忘了要送戒指給米雪的事情，況且他也不知道米雪已經知道了他今天會送去，在電話裏對管蒼生說道，他馬上就動身回蘇城，晚上會親自招待他的那幫兄弟。

回到金鼎投資公司，員工們都還沒有下班。林東直接去了公關部的辦公室，問道：「倩紅有沒有告訴你們要給新來的同事租房子？」

公關部的李玲玉說道：「林總，這事情是我負責的，倩紅姐說來的是管先生以前的舊友。房子我已經租好了，離公司很近的溫都花園，鑰匙都在我這裏。」

林東道：「好，他們今天晚上就到了。玲玉，晚上辛苦你了，今天你就晚點下班吧，跟著我，到時候和我一起帶他們去房子裏。」

以前公關部只有穆倩紅一人能跟著林東，其他員工都很羨慕，李玲玉聽到林東這麼說，開心的不得了，一個勁兒的點頭，晚一點下班一點都不覺得辛苦。

林東進了資產運作部的辦公室，他一進來，所有人都和他打招呼。現在已經收盤了，資產運作部的辦公室裏，操盤手們三三兩兩湊在一起聊天，聊得正起勁。林東直接朝裏面管蒼生所在的辦公室走去。

進去一看，崔廣才和劉大頭都圍在管蒼生的旁邊，緊盯著管蒼生電腦的螢幕，兩人的表情可以用「瞠目結舌」四個字來形容。

「你們這是在幹啥呢？」林東笑問道。

三人這才發現林東進了來，劉大頭招招手，「林總，你快過來看看。」

林東走了過去，順著劉大頭手指的方向望去。

劉大頭手指指的是一串數字。

「個、十、百、千、萬、十萬、百萬！」劉大頭的手指最後停在了那串數字最前面的那個數字下面，那個數字是三！

崔廣才仰頭歎道：「管先生神人，從此以後，我願意聽從管先生的指揮，資產運作部的老大，以後就是管先生一人！」

林東看清楚了，那是管蒼生操作的那個帳戶的市值，起初管先生剛到金鼎投資公司時，林東給了他一百萬，讓他拿去找找感覺。管蒼生後來當著眾人的面撂下了狠話，說是一個月之內如果不能把一百萬變成三百萬，那麼他將自動捲舖蓋走人。

管蒼生兌現了承諾，他做到了！

「用了多久？」林東問道。

「二十八天。」答話的是劉大頭。

林東朝管蒼生看去，沒有多說什麼，只說了一句，「先生，當初我請你來，就知道會有今天，你將以你的能力征服所有曾經質疑過你的人！」

管蒼生呵呵一笑，「我總該對得起你對我的恩情。」

林東笑問道：「難道你我之間只有恩情嗎？」

管蒼生搖搖頭，說道：「不是，我還想跟你做一番大事。人活一世，不能如草木一般，來去無聲。我希望等我死了很多年以後，還有人知道世界上曾有一個叫管蒼生的傢伙，他年輕的時候很輝煌，後來蹲了十幾年大獄，出來後，他又雄起了！」

「這不僅是傳奇，這更是一種激勵，一種教人奮進的精神！」林東滿懷豪情的說道。

崔廣才拉開了門，對外面的操盤手們說道，「大家都過來。」

眾人聽到了他的話，都湧到了門口。

崔廣才清了清嗓子，朝管蒼生說道：「管先生，你過來。」

管蒼生望了望他，不知道崔廣才要幹什麼。劉大頭把管蒼生從椅子上拉了起來，推到了眾人前面。

崔廣才的臉色沒有半分的不悅，他輸得心服口服，劉大頭也是一樣。他們都是崇拜強者的人，也是努力想要成為強者的人，之所以能夠心悅誠服的跟著林東做事，只因為林東要比他們強！管蒼生以他天人般的能力征服了他倆，讓他倆心甘情願的接受管蒼生的領導。

崔廣才開口說道：「大夥兒還記得管先生一個月三百萬的承諾嗎？」

這是整個金鼎投資公司所有人都知道的事情，就連負責清潔的秦大媽都知道，因為這事著實在公司內部熱鬧了一段時間。

「今天！管先生完成了他的實習期考核。二十八天的時間，他將一百萬炒到了三百二十八萬多！我自問不如管先生，與先生的天人般的能力相去甚遠，我崔廣才當著大夥的面宣佈，以後資產運作部的老大就是管先生，我和大頭自願接受管先生的領導！」

眾人一片譁然，短短二十八天就能把一百萬炒到三百多萬，這還是人嗎？簡直就是神啊！

劉大頭也說了幾句，「我要說的老崔都說了，大家以後好好聽管先生的指揮，如果有不聽話的，小心我和老崔削他。」

管蒼生明白這兩人是要讓權了，急的直跺腳，「哎呀，你們這是做什麼呀？小崔、小劉，我從來就沒有想過要跟你們爭搶領導權啊。你們趕快收回剛才說的話，我不同意。」

崔廣才道：「管先生，我和大頭，包括所有的金鼎投資公司的成員，大家的目的都只有一個，那就是希望公司能更好。在我們金鼎投資公司，人才永遠是最重要的，你的能力確實比我們資產運作部的任何人強，部門交給你管理，由你來帶領大夥兒，咱們會做出更好的成績。這是所有人都希望看到的！管先生，你接手資產運作部，這是眾望所歸！」

管蒼生一再推辭，「各位聽我一言，做一個部門主管，要的不僅是要專業能力過得硬，更重要的是要有超高的團結部門成員的能力。我承認我炒股票有點能力，但管理這一塊卻是我的短板，由我來擔任資產運作部的主管並不合適。小崔、小劉，你們繼續帶領大夥兒，這是最好的做法！」

「請管先生莫要推辭！在我們資產運作部就有這個規矩，誰最厲害誰就當老大！」崔廣才道。

管蒼生轉身朝林東笑道，「林總，真有這種不講道理的規矩嗎？」

林東微微一笑，走到眾人面前，說道：

「剛才管先生說的很對，並不是誰炒股票厲害就能做資產運作部的老大。一個部門、一個團隊的領導，可以沒有高於他人的專業能力，但是必須要有不凡的管理能力。或許大夥兒還不知道，咱們資產運作部又要添一部分新人了，可我提前告訴大夥兒，千萬別把他們當做新人，因為他們都是曾經陪伴管先生在股市裏摸爬滾打的前輩。

「老崔、大頭，資產運作部以後一分為二，現在的人馬還是你們兩個來帶，作為資產運作部一部。等到管先生的兄弟們到了，成立資產運作部二部。兩個部門處於平級，不存在誰領導誰的說法。我這樣做你們有意見嗎？」

崔廣才和劉大頭對望一眼，二人同聲說道：「沒有意見。」

「哈哈，那就這麼辦了。」林東笑道。

劉大頭嘀咕道：「林總，那以後每個月比拚業績，咱們一部肯定要被二部虐的很慘啊。」

「你這是對自己沒有信心嗎？」林東問道。

劉大頭搖搖頭：「不是。」

林東大聲對面前眾人說道：「對，管先生和他的團隊是強大，但我們一部的爺們也不是慫貨。大家努力，每天進步一點，逐步縮小差距，雖然短時間內會業績不如二部，但我認為這就是成功。與強者競爭，只有兩種結果，第一種是被強者虐死，第二種是不斷追趕，漸漸超越！我想你們不會選擇第一種結果，那麼從現在開始，就爆發出你們的潛力吧！」

林東從眾人的眼睛裏看到了不服輸的鬥志，這正是他所期待的。

「好了，沒事了，大家散了吧。」

眾人散了之後，崔廣才把辦公室的門關了起來，說道：「林總，管先生的朋友們是今晚到嗎？要不我們一部把這間辦公室騰出來，搬到另外一間去。這間辦公室寬敞明亮，留給管先生和他的朋友們比較好。」

管蒼生立馬開口拒絕，「小崔，別麻煩了。我們到新的辦公室去。」

自從上次京城之行之後，崔廣才對管蒼生的態度就好了很多，現在管蒼生在他面前展現了超人的能力，更令他佩服得五體投地，現在心裏唯有對管蒼生的尊敬，再無半分不屑。

崔廣才問道：「管先生，你跟我們講講吧，你是怎麼做到的？每天你都和我們在同一間辦公室，但我並沒有發現你花多少時間在看股票。」

管蒼生笑道：「其實我看得並不少，我選股，一般都是在幾天前就盯上一支票，然後用幾天的時間來觀察那支票的走勢是否與自己猜想的異樣，如果一樣，那麼就證明我的判斷大體是正確的，那樣我才會下手。其實做股票當中牽涉到的事情很多，以後如果你們需要，我可以慢慢的將我的經驗說出來與你們分享。希望能對你們有所幫助。」

劉大頭和崔廣才大喜，「管先生當真願意分享，那真是太好了！」能得到中國證券業傳奇教父親自傳授，他們哪有不激動興奮的道理。

「看來我和大頭的眼光還是短淺了些，我們看股票，往往不會有先生那麼長久的耐心，看上的票就直接買入了。」崔廣才道。

林東看了下時間，已經過了下班的時間。問道：「管先生，你的朋友們大概什麼時候到？」

管蒼生道：「他們說是六點半到站。」

現在已經過了五點半了，林東對劉大頭和崔廣才說道：「你們下班別走。現在開車跟我去車站接人。」

崔廣才點了點頭，開門走到外面的集體辦公室，說道：「有車的別急著回家，待會兒都跟我去火車站接管先生的朋友。小崽子們，那些可都是當年叱吒風雲的大人物。」

「我們都去！」眾人齊聲道。

崔廣才滿意的點了點頭。

林東對管蒼生道：「管先生，那我們出發吧。」

六點半一到，就見苗達等人拖家帶口，走出了出站口。男人們一個個扛著蛇皮

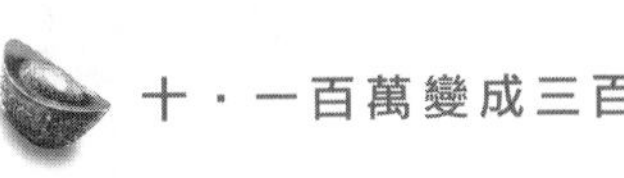

口袋，裏面裝著衣物。女人們則背著大包，小孩則是背著書包。

「來了。」林東說完就走上前去迎接，資產運作部的眾人傻眼了，這整個就是農民工進城嘛，但他們轉念一想，當初管蒼生剛進公司的時候也穿的跟農民工似的，現在還不照樣讓他們的老大心服口服。

「還愣著幹什麼，上去幫忙拿東西啊！」崔廣才道。

眾人這才反應上來，迎了過去，爭搶著為管蒼生的朋友們拿行李。

苗達和李同等人看到金鼎公司出動那麼多人來迎接他們，心裏很受感動。

管蒼生再次看到了這幫兄弟們，這次見面沒有傷感，大夥兒都是笑呵呵的。

「林總已經為大夥兒安排好了房子，走，先帶你們去把行李放下，然後吃飯去。」管蒼生道。

半個小時之後就到了溫度花園，李玲玉的車停在了門口，她站在車旁，正在翹首企盼，瞧見了林東的車，對他做了個手勢，意思是讓他跟在她的車後。

林東明白她的意思，放緩了車速，跟在李玲玉的車的後面。

溫都花園是一個新社區，建成好還不到兩年，這裏的房子大多數都是空著的，購房者買房子主要是為了投資，入住率很低，大部分有人住的裏面住的也不是業主，而是租給別人的。

李玲玉租了七套房子，都是兩室一廳的房子，而且都在一棟，這也是為了讓新來的同事和他們的家人們方便串門。

李玲玉把車停到了二十二棟樓的下面，林東也停下了車，後面幾人各自找地方停好了車子。等到所有人都聚集到二十二棟樓下面的時候，李玲玉開口說道：「大家好，這棟樓是二十二棟，下面我把鑰匙分給大家，鑰匙上面我都已經貼好了房間號。」

李玲玉把鑰匙分給了苗達等人。林東和崔廣才等人分成七隊，幫著苗達他們把行李拿進了房間裏。

苗達等人這些年都過著苦日子，進門看到這麼好的房子，老婆孩子都很激動，男人們心裏也一暖。果然如他們的蒼哥所說的那樣，林東這人仁義！

放好行李之後，已經是七點多鐘了。苗達他們坐了十幾個小時的車才到達蘇城，在車上只吃了些自帶的大餅，到現在肚子早就餓了。

林東幫著苗達一家放好了行李，說道：「苗大哥、大嫂，歡迎你們來到蘇城，都餓了吧，咱們去吃飯吧。」

苗達的女兒苗雨兒十三歲了，上六年級，見了生人也不怕，纏著林東，「哥哥，書上說上有天堂，下有蘇杭，蘇城真的能跟天堂媲美嗎？」

林東笑道：「小雨兒，你該叫我叔叔，不然就亂輩分了。蘇城真的很漂亮，等過些日子，叔叔帶你們去蘇城的景點好好看看好不好？」

「好，咱們拉鉤！」苗雨兒伸出了彎成鉤子狀的小手指，一臉的天真。

苗達喝斥道：「小雨，別沒大沒小的。」

「苗大哥，沒事。」林東彎下腰和苗雨兒拉了拉鉤。

「好了，小雨兒，咱們現在出去吃飯吧。」林東抱起了苗雨兒朝門外走去。

苗達和他老婆在後面看到林東對他們的孩子那麼親切，心裏都很高興。苗達的老婆更是一個勁兒的誇林東多麼好，要她男人好好為林東做事。

「叔叔，晚上有什麼好吃的嗎？」苗雨兒問道。

林東笑道：「告訴叔叔，你想吃什麼好吃的？」

苗雨兒想了想，「我想吃火腿腸。」

苗雨兒出生在河北省靠近京地的一個小山村，日子過的十分艱苦。看到苗雨兒因營養不良而枯黃的頭髮，能吃到火腿腸就能讓這孩子滿足了，林東忽然想到了自己小的時候。

「小雨兒，叔叔跟你保證，以後你會吃火腿腸吃到膩的。」

苗雨兒搖頭道：「不會，我最喜歡吃火腿腸了。」

苗達和他老婆聽到孩子的話，心裏都是一酸。

苗達一行人遠道而來，皆是又累又餓。晚飯就在溫都花園就近的一家酒店解決了，沒有喝酒。席上，林東承諾會儘快安排他們的孩子在附近的學校入學。從這些孩子的眼神中可以看出自己小時候的影子，所以感到格外親切，一頓飯的時間，他就把七個孩子每個人的姓名和喜好記了清楚，答應他們不久之後帶他們遊歷蘇城。

大人們見到林東對他們的孩子那麼上心，心裏都倍感欣慰。

管蒼生從他們這幫兄弟的眼光中瞧出來了變化，當年跟著他的這幫兄弟，個個都非俗人，很不好伺候。林東巧妙的打出了一張溫情牌，從他們的家人入手，走溫情路線，很快就讓這群桀驁不馴之徒改變了對林東的輕視。

吃完晚飯之後，林東率金鼎的員工開車把苗達一行人送回了社區。林東知道苗達等人囊中羞澀，已提前讓李玲玉從財務那裏按每月兩萬塊的工資預支了三個月的工資過來。

到了溫都花園二十二棟樓的樓底，林東把苗達等人召集了過來，從李玲玉手裏接過了七個牛皮紙袋子，並把袋子分給了苗達七人。

「諸位前輩，你們初到蘇城，處處都需要用錢。每個袋子裏是六萬塊，是你們三個月基本工資的收入，別嫌少。具體的公司薪資福利，等你們入職的時候，會有專人向你們解說，如果不滿意，也可以提出來，我會儘量滿足各位的要求。」

眾人手裏拿著沉甸甸的袋子，這裏面是林東的心意，這份安家費著實溫暖了他們的心。

「林總，以後大家就是跟著你吃飯的了，直呼咱們姓名就可以了，不必『前輩』的叫著，聽著怪彆扭的。」苗達代表眾人說道。

林東笑道：「我這人一向公私分明的，私下裏你們是我尊敬的前輩，如果在公司，犯錯了的話，我也會批評的哦。」

眾人哈哈一笑。

送眾人上樓休息之後，林東就和金鼎眾人在樓下散了。

管蒼生住的地方離此地不遠，林東開車將他送了回去，本想開車回去休息，車開到半途。想到高倩還生著病，既然回來了，就該去看看，於是就立馬調轉車頭，往郊外高家的大宅開去。

到了高家的大宅，外面的大門已經上鎖了。阿虎在狗屋裏聽到了動靜，怒吼著衝了出來，瞧見是林東，開始哼哼唧唧，夾著尾巴鑽進了狗屋裏。李龍三聽到了聲音，從偏屋裏走了出來，替林東開了門。

「林東，怎麼這麼晚過來？」李龍三看了一下腕錶，已經快十二點了。

林東笑道：「李哥，麻煩你了。晚上有個應酬，所以下午從溪州市趕了回來。應酬結束的晚，想到倩還病著，所以過來看看她。」

李龍三開了門。林東把車開進了院子裏，下車後散了一支煙給他。

「倩小姐不知道睡了沒有，你自個兒上去吧。」李龍三揮手說道。

林東點點頭，邁步進了大宅，到了二樓。看到高紅軍的書房燈還亮著，心想應該過去打聲招呼，於是便走了過去，敲了敲門。高紅軍瞧見是他，笑著讓林東進去。

「小林，怎麼這麼晚過來？」

林東道：「有點應酬，叔叔，倩的感冒好些了嗎？」

高紅軍道：「她在房裏，你自個兒去看吧。」

「叔叔，那我不打擾了。」

高紅軍點點頭，林東離開了他的書房，上了三樓。

高倩的房間在三樓，林東走到她的門前，似乎聽到隱隱約約有哭泣的聲音，輕輕推了推房門，房門沒鎖，虛掩著的。林東打算給高倩一個驚喜，推門進了去，躡手躡腳。高倩的房間裏鋪了一層厚厚的義大利手工地毯，十分的柔軟舒適，他一點聲音都沒發出就到了高倩的窗前。

高倩蒙著頭，林東聽得清楚了，低沉的哭聲就是從被窩裏發出來的。

「倩……」

高倩給林東的印象一直都是樂天開朗的形象，從來沒見她哭過，林東心下駭然，若不是他清楚的知道進的是高倩的房間，絕對會認為走錯了房間。

高倩那麼一個樂觀的人，有什麼難過的事情能讓她在深夜裏獨自飲泣呢？

「倩……」林東又叫了一聲，低泣聲戛然而止。

高倩這下聽到了他的聲音，停止了哭泣，在被窩裏擦乾了眼淚，這才從床上坐了起來，看到果然是林東，驚聲問道：「東，你怎麼……這個時候來了？」她看到牆上的時鐘，已經很晚了，聲音猶自帶著哭腔。

林東坐在床邊上，把她擁進懷裏，柔聲問道：「倩，你怎麼哭了？」

高倩擠出笑容，笑道：「我沒事，你不是在溪州市嗎？」她故意岔開話題。

林東說道：「今天下班後回來的，有點事情。倩，你別打岔，快告訴我發生了什麼事情了？」

高倩沉默了一會兒，說道：「我還沒想好怎麼開口，你就別再問了，好嗎？」

「是關於我們的事情嗎？」林東敏銳的感覺到這事情跟他有關。

高倩想了一會兒，知道這事情遲早瞞不住林東，也沒撒謊，「嗯」了一聲。

林東如遭重擊，渾身一震，一時間胡思亂想起來，跟他與高倩有關，難道是他們的婚事？不對啊，這是高紅軍親自跟他說的，難道除了高紅軍之外，還有其他人能阻撓二人的婚事嗎？

林東一時間胡思亂想，腦袋裏什麼想法都往外冒。

「倩，是不是你生大病了？」

電視劇裏有不少情節都是為了營造悲劇之美，男女主角其中會有一個在二人感情最好的時候被查出得了重病，甚至是不治之症。林東想到了這點，排除了高五爺干預他們婚事的可能性，覺得這個是非常有可能的，恰巧的是，高倩此刻正感冒發燒。白血病的前期症狀就是感冒發燒，林東血管收縮，整個心都糾了起來，從未有過的恐懼感襲上了心頭。

「不是。」高倩否認了他的猜測。

林東發現高倩一直不敢正視他，如果不是生大病了，難道是……

他想到了自己與柳枝兒、蕭蓉蓉、楊玲這三個女人之間糾纏不清的感情，難道是高倩知道了？以高家的勢力，如果要想找人跟蹤他，實在是輕而易舉的事情。

林東越想越害怕，但奇怪的是，如果真的是這樣，以高倩火爆的脾氣，應該會立馬找他討個說法，為什麼會一聲不響呢？

「倩，到底發生什麼事情了？你快告訴我吧，看到你這樣，對我也是一種折磨啊！」林東用力攥住高倩的胳膊，急躁的問道。

高倩沉浸於自己的情緒之中，完全沒發現林東為什麼會那麼急躁的原因，說道：「總之不是你的問題，東，給我一點時間吧，讓我好好考慮跟你怎麼開口，可以嗎？」

林東心裏落下了一塊大石，高倩已經明確說明這件事情與他無關，那麼可以肯定她並不知道自己與其他幾個女人複雜的男女關係。不過他的心情並沒有因而好起來，高倩把事情悶在心裏不說，很不符合她的性格。

高倩是個心裏藏不住事情的樂天派，性格大大咧咧，開朗大方，如果是一般的事情，她肯定會馬上就說出來。而從現在的表現來看，高倩心裏藏著的，絕不是一件簡單的事情，應該是一件複雜到她已經不知該怎麼處理的地步了。

「太晚了，你就別回去了，我帶你到樓上休息去。」高倩掀開被子要下床。

林東攔住了她，說道：「咱倆還沒結婚，晚上總是留宿不好，反正我有車，很快就可以到家的。你感冒怎麼樣了？」林東伸手去摸摸高倩的額頭，高燒燙人。

「怎麼還是那麼熱？去看醫生了嗎？」林東說道。

高倩見林東為她著急的樣子，心中一暖，「醫生來家裏幫我打過點滴了。這次感冒嚴重些，不過應該很快就會好的。」

「這樣還沒退燒？倩，明天我帶你去醫院看看吧，不能老是這樣拖著。」林東說道。

高倩清楚自己就是感冒，沒別的大病，於是就說道：「醫生檢查過了，就是感冒。好了，時間不早了，你既然不願意留在這裏休息，就趕快回去睡覺吧。」

林東站起身來，說道：「倩，無論是什麼事情，我希望你都能告訴我，我們是要做一輩子夫妻的，有什麼困難，應該共同承擔。」

高倩幾乎忍不住要說出來，但話到嘴邊，卻還是忍住了。

「好了，我知道了，你該回去吧。走，我送你到門外。」

林東按住了她，在她乾枯的唇上親了一口，「外面風寒，別出去了，好好養病，趕快好起來。」

說完，林東就離開了她的房間。

林東走到二樓，發現高五爺書房的燈已經熄了，心想他應該已經休息了，於是就沒有去道別。走到門外，依舊是李龍三出來給他開門。

林東朝三樓望了望，高倩房裏的燈還亮著，窗簾上有個暗影，知道高倩在窗簾後面看著他。

「李哥，倩最近是怎麼了？」

李龍三也不知那事，說道：「可能是因為生病了，最近倩小姐的笑容沒以前多了，少了很多。」

林東上了車，開車離開了高家，李龍三鎖了門就回屋裏睡覺去了。

高倩站在窗簾後面，看著林東遠去的車燈，眼淚吧嗒吧嗒落下掉。

高紅軍走進了女兒的房裏，咳嗽了一聲，「倩倩，爸讓你為難了，算了，還是讓我跟他說吧，他要記恨，就讓他記恨我吧。」

高倩轉過身，瞧見父親在明亮的燈光下難掩的華髮，心中驀地一陣酸楚，「爸，我會跟他說的。」她瞭解林東，如果這事情由她父親來找林東談，會讓林東感受到一種威脅的，這是他絕難接受的。

「趕快睡覺吧。」高紅軍說完這句話，轉身就離開了女兒的房間。高倩看著父親離去的背影，這幾日高紅軍瞧見她心裏不開心，心裏也極為難受，幾天的時間，似乎蒼老了許多，頭上的白髮愈來愈明顯了。

成立資產運作部二部，公司一下子擴充了不少好手，正在這時，林東接到了陸虎成的電話，商議兩家合力剿殺秦建生的問題。上次管家溝之後，秦建生一直沒有忘記陸虎成對他的所言，所以隔了一段時間之後，見陸虎成久久沒有動靜，便親赴京城，找到了陸虎成，商議與陸虎成聯合對付林東。

陸虎成表面上虛與委蛇，套出了秦建生的全盤計畫。依秦建生所見，金鼎投資公司雖然發展速度迅猛，但畢竟是後起之秀，與他們兩家老牌勁旅相比，無論是經驗還是實力，都落於下風，只要他兩家齊心協力，擊垮金鼎投資公司絕不是問題。

秦建生的計畫是這樣的，以陸虎成與林東的關係，如果陸虎成拋出誘餌，林東肯定會上鉤。到時候只要陸虎成邀請林東一起做哪支票，林東必然不會懷疑。等林東上鉤之後，陸虎成再與秦建生合力剿殺，重創林東。

秦建生的算盤的確打得不錯，如果陸虎成真的願意與他合謀，那的確能夠很容易達成他的目的。

而陸虎成心裏壓根瞧不起秦建生這等卑鄙的小人，秦建生不來找他也就罷了，既然送上門來請死，也就怪不得他使些手段！

財神門徒 之12 志在必得

作者：劉晉成
發行人：陳曉林
出版所：風雲時代出版股份有限公司
地址：105台北市民生東路五段178號7樓之3
風雲書網：http://www.eastbooks.com.tw
官方部落格：http://eastbooks.pixnet.net/blog
Facebook：http://www.facebook.com/h7560949
信箱：h7560949@ms15.hinet.net
郵撥帳號：12043291
服務專線：(02)27560949
傳真專線：(02)27653799
執行主編：劉宇青
美術編輯：許惠芳

法律顧問：永然法律事務所 李永然律師
北辰著作權事務所 蕭雄淋律師

版權授權：蔡雷平
初版日期：2015年10月
初版二刷：2015年10月20日
ISBN：978-986-146-683-5

總經銷：成信文化事業股份有限公司
地　址：新北市新店區中正路四維巷二弄2號4樓
電　話：(02)2219-2080

行政院新聞局局版台業字第3595號 營利事業統一編號22759935

國家圖書館出版品預行編目資料

財神門徒 ／ 劉晉成著. -- 初版-- 臺北市：風雲時代，
2015.04 -- 冊；公分

ISBN 978-986-146-683-5（第12冊；平裝）

857.7　　104015647